LOS FUTBOLÍSIMOS

EL MISTERIO DE LAS BOTAS MÁGICAS

Roberto Santiago

sm

Primera edición: marzo de 2020

Gerencia editorial: Gabriel Brandariz
Coordinación editorial: Berta Márquez
Coordinación gráfica: Lara Peces

Ilustraciones de Guillermo Esteban Bustos
basadas en el diseño gráfico original de Enrique Lorenzo
Colorista: Santiago Lorenzo

Este libro fue publicado por mediación de Dos Passos Agencia Literaria.

Impresores, 2
Parque Empresarial Prado del Espino
28660 Boadilla del Monte (Madrid)
www.grupo-sm.com

ISBN: 978-84-1318-444-9
Depósito legal: M-1919-2020
Impreso en la UE / *Printed in EU*

1

Soy especialista en fallar penaltis.

Es un don que tengo.

Los detiene el portero rival.

Los mando al poste.

Al larguero.

O directamente a las nubes.

Desde que fallé cinco penaltis seguidos en la Liga Intercentros, dejé de ser Paco y todos empezaron a llamarme... Pakete.

Ahora mismo estoy delante del balón dispuesto a lanzar otro penalti.

Una vez más.

Pero no un penalti cualquiera.

Es el más importante de mi vida.

Si lo marco, por primera vez en la historia, el Soto Alto ganará la Liga.

Y viajaremos al Campeonato de España en la isla de Tenerife.

Voy a lanzar el penalti con unas botas únicas.

Algunos dicen que son mágicas.

Aunque no está claro.

Esto último ya lo explicaré más adelante.

Ahora mismo no tengo tiempo.

El ruido en la grada es ensordecedor.

Hay cientos de espectadores animándome:

–¡Vamos, Pakete, mételo!

–¡Tú puedes!

–¡El Soto Alto está en tus manos!

Son padres y madres, compañeros del colegio, gente del pueblo.

También han venido muchos otros hinchas del equipo contrario, que no me animan precisamente:

–¡Eres más malo que un nublado, chaval!

–¡Tíralo a la grada, como la última vez!

–¡Por algo te llaman Pakete, ja, ja, ja, ja, ja, ja!

Intento olvidarme de los gritos.

Cojo el balón con las dos manos y lo dejo sobre el punto de penalti.

Levanto la vista.

Allí está Moreno Moreno, el portero del Barranquilla.

Con su gorra roja.

Y esas gafas gigantescas con una cinta alrededor de la cabeza. No sé si las lleva para ver o porque le gustan, pero supongo que deben de ser reglamentarias, porque se las pone en todos los partidos y el árbitro nunca dice nada.

Aparte de por las gafas, Moreno Moreno es famoso porque es el portero menos goleado de la Liga Intercentros, y este año ha parado ocho penaltis.

¡Ocho!

¡Es una barbaridad, seguro que ha batido algún récord!

Él ha parado ocho penaltis.

Y yo he fallado cinco.

Menuda diferencia.

Me mira fijamente a través de sus gafotas.

Y me señala, desafiante.

Tengo la sensación de que ya he vivido esto antes.

El portero me intenta poner nervioso, lo consigue y al final yo fallo el penalti.

¡Pero esta vez va a ser distinto!

Porque esta vez tengo un arma secreta.

Miro hacia abajo.

¡Ahí están!

Llevo puestas las botas.

Las Rocket One originales con bandas azules.

Están muy viejas.

Y cuando digo muy viejas, quiero decir mucho.

Tanto que parecen de otro siglo.

De hecho, son de otro siglo.

Estas botas tienen mucha historia.

Dice la leyenda que quien lleva estas botas de fútbol nunca jamás ha fallado un penalti.

Y ahora las tengo yo en mis pies.

Así que nada puede salir mal.

Incluso tienen un apodo.

Que yo sepa, son las únicas botas de fútbol del mundo que tienen un apodo.

Todo el mundo conoce estas Rocket One como «las torpedo».

–¡Venga, cariño, por una vez no falles! –grita mi madre desde la grada.

–¡Juana, no le digas eso al niño, que le metes mucha presión! –replica mi padre, a su lado.

Mis padres, siempre que pueden, vienen a los partidos. Es verdad que a veces me ponen un poco nervioso... Pero sé que lo hacen con buena voluntad, para apoyarme y todo eso.

–¡Ni presión ni nada! –replica mi madre–. ¡Mételo y déjate de pamplinas!

Mi padre, que es el policía municipal del pueblo y que casi siempre lleva puesto su uniforme, se ajusta la gorra y se queda callado, muy serio, mirándome con mucha atención.

Igual que el resto de espectadores.

Todo depende de mí.

Es el último partido.

Apenas queda tiempo.

Y yo tengo que lanzar el penalti.

Mis compañeros están detrás de mí, atentos por si hay un rechace.

Cruzo una mirada con Helena con hache, que es mi vecina y la mejor del equipo, y tiene unos ojos enormes y siempre me apoya.

Ella hace un gesto con la cabeza y sonríe.

Helena tiene una sonrisa y unos ojos increíbles...

Pero conste que no me gusta.

Ni ella ni ninguna otra chica del mundo.

Me concentro en el penalti.

Esta vez no voy a fallar.

Si, a pesar de todo, han confiado en mí para lanzar el penalti, por algo será.

Desde el banquillo, Alicia y Felipe, nuestros entrenadores, me observan fijamente.

–¡Siempre serás el lanzador de penaltis del Soto Alto! –grita Alicia.

–¡Aunque falles más de los que metas! –exclama Felipe–. ¡No te preocupes!

Pero sí estoy preocupado.

Este lanzamiento es muy importante.

Muchísimo.

Miro el balón y me olvido del resto.

Moreno Moreno mueve los brazos, tratando de despistarme.

Puedo oír el rumor de la grada, los gritos...

Casi puedo sentir la respiración de mis compañeros, expectantes.

El árbitro levanta el brazo.

Y hace sonar el silbato.

¡Piiiiiiiiiiiiiiiiiiiiiiiiiiiiiiiiiiiiii!

Ha llegado el momento.

Tengo que lanzar.

Cojo carrerilla.

Noto las botas avanzando por el césped.

Es una sensación buenísima.

Como si fuera imparable.

Como si las botas me llevaran a mí.

Doy un último paso.

Y me preparo para golpear el balón...

2

La primera vez que vi aquellas botas fue dos semanas antes.

Nada más verlas pensé: «Son extraordinarias. Impresionantes. Legendarias».

Bastaba mirarlas para saber que no había otras iguales.

Las Rocket One estaban sobre una especie de vitrina.

En el centro del campo de fútbol.

Los integrantes de los dos equipos y los espectadores observábamos las torpedo con los ojos muy abiertos.

–¡Pues a mí me parecen unas botas de fútbol normales y corrientes! –exclamó Camuñas, el portero del equipo.

Le miramos extrañados.

–Quiero decir que no les veo nada fuera de lo común –trató de explicarse.

Marilyn, la capitana, dio un paso adelante y le preguntó:

–¿Tú sabes de quién son estas botas?

–Sí, sí, son... –intentó responder.

–¡Son del mejor futbolista de todos los tiempos! –le cortó ella.

–Bueno, tampoco exageremos –dijo Camuñas.

–O, al menos –matizó Marilyn–, del mejor futbolista de todos los tiempos... de Sevilla la Chica.

–Eso sí –concedió el portero.

Sevilla la Chica es nuestro pueblo.

Y nunca ha habido nadie famoso que naciera aquí.

Excepto...

–¡Mirad, allí está! ¡Ha venido!

Todos nos giramos expectantes.

Estábamos en el campo de fútbol del Soto Alto, nuestro colegio.

A punto de empezar el partido contra el Leganil.

Justo en ese instante, alguien apareció en un extremo del campo, entre un grupo de periodistas.

Normalmente, a los partidos de la Liga Intercentros no vienen periodistas.

Pero no estaban allí por nosotros.

La gente en la grada se puso en pie y comenzó a aplaudir.

Entró caminando tranquilamente.

Era un hombre menudo, delgado, con el pelo completamente blanco y una larga nariz.

A pesar de su edad, seguía siendo inconfundible.

Era...

–¡Fernangol! ¡Hola, aquí, Fernangol! –gritó Camuñas.

El hombre se pasó la mano por su cabello blanco.

Era Fernando González, el mítico futbolista.

Conocido como Fernangol.

Nació aquí, en el pueblo, y se marchó muy joven.

Jugó en algunos de los mejores equipos del mundo y en la Selección Española.

Marcó un montón de goles.

Y ahora, después de muchos años, había regresado.

Por lo visto, quería volver a sus raíces.

Pasar aquí una temporada, recordando su infancia.

Algo así.

El caso es que acababa de llegar y le habían invitado a hacer el saque de honor en su antiguo colegio.

Detrás de él iba un pequeño comité de bienvenida.

Gustavo Ferrada, el alcalde del pueblo, acompañado de su perrito Ulises, con el que iba a todas partes.

Esteban, el director del colegio.

Y Raquel Niebla, la nueva presidenta de la Liga Intercentros. Era una mujer muy elegante, llevaba un traje de chaqueta azul y siempre aparecía acompañada de un secretario con grandes gafas de sol oscuras y un chófer. Ambos vestidos a juego.

Fernangol atravesó el campo entre aplausos y saludos.

Se tocó la nariz con la mano, después señaló a la gente que le aplaudía y sonrió.

–¡Me ha señalado! –exclamó Camuñas, entusiasmado–. ¡Y me ha sonreído!

–Sonríe a todos –replicó Toni, el máximo goleador del equipo–, no solo a ti.

–¡Pero qué dices! –insistió Camuñas–. Yo le he llamado por su nombre y me ha señalado directamente.

–Fernando González, alias Fernangol, era conocido en su época porque siempre hacía el mismo ritual después de meter un gol –explicó Anita, la portera suplente–: se tocaba la nariz, señalaba al público y sonreía... Era famoso por eso; bueno, y también por sus botas, con las que marcó 500 goles.

–¿¡500 goles!? –preguntó Ocho, el otro suplente del equipo.

–Eso dicen –aseguró Anita–. Hubo un tiempo en que las Rocket One de Fernangol eran las botas más vendidas del mundo. Luego dejaron de fabricarlas.

–¿Y esas de ahí son las originales? –preguntó Tomeo, el defensa central, absorto–. ¿¡Las auténticas!?

–Eso parece –dije yo sin quitarles ojo.

–Por eso las han puesto en una vitrina –dijo Helena.

–Yo no quiero que me señale –aseguró Angustias, el lateral derecho, que siempre está angustiado por todo–. Me pone muy nervioso que la gente me señale. Además, es muy famoso.

–Sois unos críos –zanjó Toni–. A mí me da igual todo esto. ¿Podemos centrarnos en el partido que vamos a jugar, por favor?

–Fernangol va a hacer el saque de honor –dijo Tomeo, expectante.

–Ya. Y nosotros nos jugamos mucho en este partido –recordó Toni.

En eso tenía razón.

Solo quedaban tres partidos para acabar la Liga.

Contra el Leganil, en casa.

Contra el Valdemar, en su campo.

Y el último, en casa, contra el Barranquilla, nuestro principal rival.

Si conseguíamos sumar los mismos puntos que el Barranquilla, seríamos campeones de la Liga Intercentros.

Por primera vez en la historia.

–Bueno, podemos aplaudir a Fernangol –intercedió Helena–, y luego centrarnos a tope en el partido.

–Como capitana, estoy de acuerdo –aseguró Marilyn.

Una vez en el centro del campo, Gustavo Ferrada tomó la palabra.

–Buenas tardes, vecinos de Sevilla la Chica –dijo el alcalde–. Y a los visitantes del Leganil, también buenas tardes, por supuesto. Bienvenidos todos. Es un verdadero honor para mí presentaros a un hijo predilecto de nuestro pueblo: el inigualable, el magnífico, el hombre de los 500 goles... Fernando González, ¡Fernangol!

En ese momento, la gente estalló a aplaudir con más ganas si cabe.

Los periodistas hacían fotos y grababan a Fernangol.

Él hizo un tímido gesto para que dejaran de aplaudirle.

Cuando al fin los aplausos cesaron, dijo emocionado:

–Muchas gracias, de verdad. Tenía tantas ganas de volver al pueblo, me vienen una infinidad de recuerdos... Todo ha cambiado mucho desde que yo era un niño. Pero, en el fondo, el pueblo sigue siendo el mismo. Y hoy tengo una sorpresa que quiero compartir con todos.

–¡El saque de honor! –exclamó Felipe desde el banquillo.

Fernangol sonrió y dijo:

–Eso también. Pero es algo más. Esta tarde, para celebrar mi regreso a Sevilla la Chica después de cincuenta años... ¡quiero regalar mis botas de fútbol originales a un niño del pueblo, a un jugador del equipo!

–¿¡¡¡Qué!!!? –exclamé atónito.

–¡A mí! ¡A mí! –dijo Toni–. ¡Soy el máximo goleador del equipo!

–¡A mí, Fernangol! ¡Soy la capitana! –aseguró Marilyn.

–¡A mí! –se apresuró a decir Camuñas–. ¡Soy el portero, el que te ha saludado antes!

–¡A mí no, por favor, que me da mucha vergüenza! –pidió Angustias.

Casi todos levantamos la mano, entusiasmados.

Fernangol nos miró con su característica sonrisa.

–Tranquilos, pequeños –dijo Esteban–. Seguro que el señor González elegirá al más adecuado para entregarle sus botas...

–Aunque, si quisiera donarlas a la Liga Intercentros –intervino Raquel Niebla–, nosotros estaríamos encantados de exponerlas como se merecen en un lugar destacado de nuestra sede... Mi secretario se encargaría de guardarlas y...

–¡No quiero mis botas en ningún museo! –le interrumpió Fernangol–. Son para un niño del equipo en el que yo jugué, ni más ni menos.

–Claro, claro –intervino el alcalde, sujetando a Ulises entre sus brazos–. Entonces, ¿quién es el afortunado?

Fernangol nos observó con curiosidad.

Allí estábamos los nueve integrantes del Soto Alto F. C.

Los siete titulares y los dos suplentes.

Delante de él.

Mirándole.

¿De verdad iba a regalarnos sus famosas botas?

Seguro que si las vendiera en una subasta le darían un dineral.

Y él...

¿Quería regalarlas a un desconocido?

Movió la nariz.

Y dijo:

–No lo elegiré yo.

–¿Ah, no?

–No –insistió muy seguro–. Las torpedo elegirán a su próximo dueño.

–¿¡¡¡Eh!!!?

Sin más, agarró las botas, ató los cordones de las Rocket One entre ellos...

¡Y las lanzó al aire!

–¡Se las queda el que las coja! –exclamó Fernangol.

3
LAS BOTAS VUELAN POR LOS AIRES.
TODOS LEVANTAMOS LA VISTA Y CORREMOS HACIA EL CENTRO DEL CAMPO.
¡MÍAAAAAAAA!
¡¡¡SON PARA MÍ!!!
¡NO CORRÁIS TANTO, QUE ME AHOGO!

¡FRANCISCO, ESPABILA, QUE TE QUEDAS SIN BOTAS!
PERO YO NO QUIERO PELEAR CON MIS COMPAÑEROS.
VEO CÓMO TONI EMPUJA A CAMUÑAS.
MARILYN, A SU VEZ, LE METE EL CODO A TONI PARA LLEGAR ANTES.
ANITA, HELENA E INCLUSO ANGUSTIAS CORREN HACIA EL CENTRO DEL CAMPO.
EN POCOS SEGUNDOS, TODOS PERSIGUEN LAS TORPEDO, CORRIENDO Y LEVANTANDO LOS BRAZOS.

LAS BOTAS GIRAN EN EL AIRE Y COMIENZAN A DESCENDER.
TOMEO SE TROPIEZA Y CAE. MARILYN SE DA CONTRA ÉL Y TAMBIÉN CAE.
ESCALAN UNOS SOBRE OTROS, FORMANDO UNA ESPECIE DE MONTAÑA HUMANA.
¡TENGO VÉRTIGO!
¡ME ESTÁIS MACHACANDO! ¡ES INJUSTO!

OCHO PEGA
DOS SALTOS Y SUBE
SOBRE EL RESTO.
EXTIENDE LAS MANOS
PARA ATRAPAR LAS BOTAS.
CUANDO ESTÁ
A PUNTO
DE COGERLAS...
¡AAAAAAAAAAAH!
ALGUIEN SE MUEVE
DEBAJO DE ÉL Y PIERDE
EL EQUILIBRIO.
LAS ROCKET ONE CAEN SIN QUE NADIE
PUEDA ATRAPARLAS.
CAEN...
CAEN...
¡Y ACABAN EN MIS MANOS!

4

Los fotógrafos me hacían fotos y me grababan con sus cámaras.

Ulises ladraba:

–¡Guau! ¡Guau!

Miré las botas perplejo.

¡Las tenía yo!

En realidad, era el único que no había empujado a mis compañeros.

El único que no me había subido entre aquella maraña de brazos y piernas.

Sin embargo, las Rocket One habían acabado en mis manos.

–Ya lo dije –advirtió Fernangol, divertido–: las Rocket elegirían a su propietario.

Un silencio sepulcral recorrió el campo.

Todos me observaban sin poder creérselo.

Sin saber muy bien si aquello iba en serio.

–Pero entonces –dije incrédulo–, ¿son para mí?

–Pues claro –respondió Fernangol–. Me hace ilusión que las tenga alguien del equipo en el que yo empecé.

–Qué bien –dije, intentando hacerme a la idea–. Muchas gracias.

–¡Si ya lo sabía yo, Francisco, te las mereces más que nadie, cariño! –gritó mi madre–. ¡Aunque no lo diga, el pobre lo pasa fatal con eso de que le llamen Pakete y fallar tantos penaltis! A ver si con las botas esas se anima un poco!

–¡Mamá! –protesté.

–¿Qué pasa? –dijo ella–. La verdad por delante.

–En nombre de mi hijo y de toda la familia –intervino mi padre–, queremos darle las gracias por este gesto tan bonito que ha tenido con el niño.

–Ni gesto ni nada –replicó Fernangol, apartando la mirada y señalándome–. Las botas han elegido a su dueño.

Poco a poco, mis compañeros se fueron levantando y pasando a mi lado.

–Suertudo –murmuró Camuñas.

–A ver qué haces con esas botas, espabilado –dijo Toni.

–Las Rocket One originales son historia del fútbol –aseguró Anita–. Tienes una gran responsabilidad.

No sabía si alegrarme o ponerme nervioso.

Menos mal que Helena me miró con sus enormes ojos y dijo:

–Me alegro mucho por ti. Te las mereces.

Yo seguía allí en medio, con las torpedo en las manos, sin saber muy bien qué hacer.

–¿Te las vas a poner o no? –me preguntó Fernangol.

–¿Ahora? –dije extrañado.

–Pues claro –aseguró él, como si fuera lo más normal del mundo.

Yo pensaba que tendría que dejar aquellas botas en la estantería, como si fueran un trofeo.

No se me había pasado por la cabeza ponérmelas.

Y mucho menos en ese instante.

–Venga, Pakete, póntelas, que te lo está diciendo Fernangol en persona –soltó Gustavo Ferrada.

¿El alcalde también me llamaba «Pakete»?

Lo que me faltaba.

–Venga –dijo Esteban, el director, haciéndome un gesto con ambas manos.

–Eso, póntelas y empecemos de una vez el partido –exclamó el capitán del Leganil, que estaba al otro lado del campo con cara de circunstancias.

–Vale, vale –acepté–. De todas formas, no creo que me valgan.

Me agaché allí mismo.

Y me quité mis botas.

–¡Árbitro, esto ya es una tomadura de pelo! –insistió el capitán del Leganil, indignado–. ¿Vamos a jugar hoy o mañana?

El árbitro era un chico de unos dieciocho años, repeinado con gomina y vestido de amarillo y negro.

–Número 7 –me dijo consultando su reloj–, un poco de brío, por favor, que estamos fuera de hora.

–¡Así habla un verdadero árbitro, ole! –exclamó desde la banda un señor con barba que también iba vestido de amarillo y negro–: con firmeza pero con educación.

Y no iba solo.

A su lado había una mujer, una chica joven y un anciano con bastón. Todos vestidos de amarillo y negro.

Llevaban dos pancartas en las que se podía leer:

COMANDO TRAPOTE

LOS ÁRBITROS TAMBIÉN SON PERSONAS

–Son mi familia –justificó el árbitro, orgulloso–. Me llamo Armando Trapote, y ellos son mis padres, mi abuelo y mi novia.

–Estamos aquí apoyando al muchacho –explicó el abuelo.

–Vamos a todos los partidos con Armando –continuó la madre–. Es importante respetar a los árbitros. Se sienten muy solos.

La familia Trapote formaba un grupo muy pintoresco. Todos tan unidos y con aquellas ropas tan llamativas.

Aunque a primera vista podían resultar un poco raros, en el fondo me cayeron bien: el público siempre apoyaba a los jugadores, nunca a los árbitros.

–Número 7 –repitió Armando–, o se pone las botas ya mismo, o me veré obligado a sacarle tarjeta amarilla.

–Sí, sí, señor Trapote –dije–. Ya voy.

–Tranquilo, es solo un momentito –dijo el alcalde, tratando de calmar los ánimos.

–Dejad al crío en paz que se ponga las dichosas botas –pidió Alicia, nuestra entrenadora, desde el banquillo–. ¡Vamos, Pakete, que no tenemos todo el día!

No era tan fácil.

Estaban atadas entre sí.

Y además estaban muy duras, como si hiciera mucho que nadie se las pusiera.

La presidenta de la Liga, Raquel Niebla, aprovechó el momento para insistir a Fernangol.

–Aparte de este asunto de las botas –le dijo mientras exhalaba humo de su cigarrillo electrónico–, para la Liga Intercentros sería un orgullo celebrar algún acto homenaje a su trayectoria, tal vez una charla. Es usted un ejemplo formidable para los niños, señor González...

–Me aburren los homenajes –contestó él–, y más aún las charlas.

Me descalcé y me senté en el césped.

Todo el mundo en el campo me observaba.

Esperando que me pusiera las botas de una vez.

Empecé a sudar, no me gusta nada ser el centro de atención.

Agarré a toda prisa la derecha con ambas manos.

No parecía muy grande.

Intenté meter el pie.

Al principio me costó, ya he dicho que estaba muy dura.

No se parecía en nada a las botas de fútbol que se hacen hoy día, que da la sensación de que juegas descalzo.

Las Rocket One eran muy distintas.

Más... sólidas.

Empujé con fuerza.

Y mi pie entró al fin.

Me incorporé.

Para mi sorpresa, me quedaba bastante bien.

Quizá un pelín grandes, pero yo creo que era mi talla.

–¿Qué tal? –preguntó el alcalde, interesado–. ¿Te aprietan? ¿Te quedan grandes?

–¿¡Pero esto qué es, una zapatería o un partido de fútbol!? –exclamó el capitán del Leganil llevándose las manos a la cabeza, desesperado.

El árbitro no me quitaba ojo.

Me até los cordones a toda prisa.

Y dije:

–Parece que me van bien.

Fernangol asintió satisfecho, como si fuera algo evidente.

–Las torpedo no se equivocan nunca –aseguró.

Me puse también la bota izquierda.

Di un par de saltos sobre el campo, para comprobar que podía moverme bien con ellas.

–¡Mira qué rarito está el niño con esas botas viejas y zarrapastrosas, ja, ja, ja! –gritó mi madre.

–Son unas botas históricas, Juana –le corrigió mi padre.

–Ya, ya, pero parece que se van a desintegrar de lo gastadas que están –insistió ella.

–Pues hala –advirtió Armando Trapote–. Si ya estamos todos conformes, vamos a empezar de una vez el partido.

Retiraron la vitrina.

Y nos preparamos para empezar.

–¿De verdad vas a jugar con esas botas? –me preguntó Toni.

–Eso creo –respondí.

–Tú mismo –dijo él encogiéndose de hombros–. Es ridículo.

Puede que le diera envidia.

Pero en parte tenía razón: jugar un partido de Liga con unas botas como esas era un poco extraño.

Desde la banda, Felipe y Alicia nos hicieron gestos.

–¡Nos olvidamos ya de las botas y nos centramos en el partido! –gritó el entrenador.

–¡Recordad todo lo que hemos preparado! –exclamó Alicia–. ¡Recordad las tácticas!

Todos asentimos, muy concentrados.

–¿Se refiere a esos dibujos y flechas que han hecho esta semana en la pizarra? –preguntó Tomeo.

–¿No te sabes las tácticas? –preguntó Marilyn, escandalizada.

–Es que me aburría y me quedé un poco dormido, me parece –se justificó el defensa central.

Fernangol hizo el saque de honor.

Que consistió simplemente en darle un toque al balón desde el centro del campo.

Volvieron a aplaudirle.

Saludó con su inconfundible gesto de nariz.

A continuación se retiró junto al alcalde, la presidenta de la Liga y el director del colegio.

Los periodistas también le siguieron.

Después de aquello, por fin empezó el partido.

El árbitro, Armando Trapote, hizo sonar el silbato.

¡Piiiiiiiiiiiiiiiiiiiiiiiiiiiiiiiiiiiiiiiiiiiiii!

Y se puso el balón en movimiento.

Lo que ocurrió aquel domingo en el campo del Soto Alto no lo olvidaré jamás.

5

Toni sacó de centro sobre Helena.

Ella retrocedió un par de metros con el balón controlado.

Yo salí corriendo hacia el área rival.

Sin levantar la vista, Helena con hache me dio un pase en profundidad.

Un pase increíble sin mirar siquiera.

El balón pasó justo por encima de mí.

Di dos zancadas a toda velocidad.

Paré el balón a la primera.

Estaba justo en la frontal del área.

El defensa central del Leganil venía corriendo directo a por mí.

Podía intentar un regate o aguantar hasta que subieran mis compañeros.

Pero en lugar de eso, hice otra cosa.

Algo a lo que normalmente no me habría atrevido.

Todo ocurrió en un segundo.

Sin pensarlo, puse el cuerpo en tensión, tomé impulso...

¡Y chuté a portería!

Le di al balón con el empeine de la bota.

Salió disparado con fuerza.

Pasó volando junto al defensa.

Siguió directo hacia la portería.

El portero se lanzó.

Rozó el balón con la punta de los dedos.

Pero no pudo impedir...

¡Que entrara por la escuadra!

–¡Gooooooooooooooooooooooooooooool!

El grito retumbó en la grada y en todo el campo.

–¡Control a la primera y golazo! –gritó Alicia, saltando del banquillo.

–¡Así se hace! ¡Oleeeeeeeeeeeee! –gritó Felipe.

No me lo podía creer.

Había marcado en la primera jugada.

Un gol espectacular.

Todo había salido perfecto: el control, el disparo, la fuerza, la colocación...

Mis compañeros se tiraron encima de mí para celebrarlo.

–¡Oé, oé, oé, oé! –gritaron.

–¡Menudo trallazo!

–¡Pedazo de gol por la escuadra!

–¡Cómo se notan las Rocket One!

Eso pensaba yo: que aquellas botas me habían traído suerte.

–Bueno, el pase de Helena también ha sido genial –dije.

–Helena da pases increíbles en todos los partidos –replicó Marilyn–, pero tú... ¡tú no metes goles así prácticamente nunca!

Y más risas.

Y abrazos.

Y celebraciones.

–Vamos, vamos, jugadores, no se demoren –advirtió el árbitro–. Hay que continuar el partido.

Volvimos hacia nuestro campo.

Miré las botas en mis pies.

Estaban viejísimas.

Y eran muy anticuadas.

No tenían un diseño aerodinámico.

Ni estaban recubiertas de ningún material de última generación.

Pero en aquel momento me parecieron las mejores botas del mundo.

Crucé una mirada con Fernangol, que me observaba desde el palco y aplaudía, igual que el resto de espectadores.

Incluso los periodistas, por un momento, dejaron de hacerle fotos a él y me enfocaron a mí.

–¡Ese es mi niño! –exclamó mi madre, señalándome feliz–. Esta noche te hago tu postre favorito: tortitas con chocolate, ¡a lo loco!

Nos preparamos para reanudar el encuentro.

El gol ya había subido al marcador:

Soto Alto, 1; Leganil, 0.

Y no había hecho más que empezar.

El partido continuó con dominio del Leganil.

Como iban perdiendo desde el principio, tenían que remontar.

Tuvieron la mayor parte de la posesión.

Aunque la verdad es que tampoco eran capaces de crear ocasiones claras.

Se pasaban el balón y nosotros nos replegábamos, esperando, tapando los huecos, defendiendo en zona como nos habían marcado nuestros entrenadores en caso de que fuéramos por delante en el marcador.

–¿Qué significa exactamente «en zona»? –preguntó Tomeo, intentando que no le escucharan los rivales.

–Ni idea –respondió Angustias–. Yo voy por la derecha y si pegan un balonazo me agacho, como siempre.

–¡Vamos, equipo, que no se diga! –exclamó Marilyn–. ¡Todos defendemos, todos atacamos! ¡La Liga es nuestra!

La capitana era muy impetuosa. Pero la verdad es que siempre ayudaba mucho, animando y dando indicaciones sobre el campo.

Cada minuto jugaba a nuestro favor.

Durante el descanso me fijé en que en un extremo de la grada se encontraba el entrenador del Barranquilla. Supongo que había venido a espiarnos.

Eran nuestros rivales por el título de Liga.

Estaba allí con su chándal rojo, observando sin perder detalle.

Se llamaba Ramiro García, pero todos le conocían como el Solomillo. Decían que todos los días se comía un solomillo poco hecho al mediodía.

Tenía unas cejas muy pobladas y siempre estaba muy serio.

No había venido solo al partido.

Sentado a su lado estaba su hijo y capitán del Barranquilla: Ramiro García también, al que todos llamaban el Solomillo II.

Igual que su padre, también tenía las cejas muy pobladas.

Y también se decía que cada día se zampaba un auténtico solomillo de ternera poco hecho.

Estaban los dos a un lado de la grada, comentando nuestro partido.

Al darse cuenta de que los estaba mirando, se levantaron y se marcharon.

El árbitro hizo un gesto y volvimos al campo para reanudar el juego.

En la segunda parte, los jugadores del Leganil siguieron apretando.

Y nosotros defendiendo.

Apenas pasamos del medio campo.

Con aguantar el resultado era suficiente.

Hicieron algunos cambios para intentar darle más velocidad al partido.

Para ellos, conseguir un empate era importante: estaban luchando por no bajar de categoría.

Pero nosotros nos jugábamos la Liga.

Nos encerramos, tapando los huecos y despejando sin arriesgar.

–¡Venga, aguantamos! –gritaba Alicia desde la banda.

Todo siguió más o menos igual hasta el último minuto.

Estábamos a punto de acabar, casi no quedaba tiempo.

El capitán del Leganil, el número 10, cogió carrerilla y disparó desde lejos.

El balón salió con mucha fuerza.

¡Y le impactó a Tomeo!

¡En pleno rostro!

–¡Ayyyyyyyyyyyyyyyy! –se quejó el defensa central, que cayó de culo del balonazo.

–Si te lo he dicho –murmuró Angustias–: lo mejor es agacharse cuando disparan.

–¿Estás bien? –preguntó Helena

–Más o menos –respondió Tomeo llevándose las manos a la cara, que se le había quedado un poco roja.

Aunque le dolía, no parecía que se hubiera hecho mucho.

El balón salió rebotado y cayó en los pies de Toni, que regateó al lateral del Leganil y salió corriendo hacia el campo rival.

Era nuestra oportunidad de sentenciar el partido.

Entre el golpe y el rechace, los habíamos pillado desprevenidos.

Toni avanzó por la izquierda, corriendo con el balón.

Yo me desmarqué hacia el lado contrario.

Era un contrataque muy peligroso.

Levanté la mano para que Toni me pasara.

Pero no parecía tener ninguna intención.

Vale que era el máximo goleador del equipo, pero siempre ha sido un poco chupón.

En un abrir y cerrar de ojos, se plantó en el vértice del área contraria.

Tenía delante a un defensa y al portero.

¡Y yo iba solo para rematar por el otro lado!

–¡Aquí! ¡Aquí! –grité.

Pero Toni iba cegado a lo suyo.

Dribló a un lado y otro, intentando marear al defensa.

Viendo que no se apartaba ni un centímetro, cogió impulso... ¡y disparó desde allí mismo!

Fue un buen disparo, la verdad.

Raso y ajustado al poste.

Pero... el portero la sacó con el pie.

El balón salió hacia el centro del área.

Y ahí llegué yo.

El portero estaba tirado en el suelo.

El único defensa cubría a Toni.

Me había quedado completamente solo con la pelota delante de la portería.

Únicamente tenía que empujarla.

Metí la bota debajo del balón.

Lo golpeé con firmeza.

Suave y por el centro.

Y sin nadie que pudiera impedirlo...

¡Entró en la portería!

–¡¡¡Goooooooooooooooooooooooooooooool!!!

6

No recordaba la última vez que había metido dos goles en el mismo partido.

Menos aún, en un partido oficial de Liga.

Levanté el pie derecho... ¡y señalé mi bota!

¡La Rocket One!

No sé por qué lo celebré de esa forma.

Me salió así, sin pensar.

Estaba feliz.

Radiante.

Mis compañeros levantaron los brazos en señal de victoria.

–¡Tomaaaaaaaaaaaa! –gritó Marilyn.

–¡Golazooooooooooooo! –exclamó Camuñas.

Los entrenadores también lo celebraban entusiasmados.

Mi madre estaba en la grada dando botes.

–¡Ayyyyyyy! ¡Que me emociono, Emilio! –exclamó abrazándose a mi padre.

–Bueno, mujer, ha sido un gol importante, pero todavía quedan dos partidos –recordó él.

–Si no es por eso –replicó ella–. Es por el Atleti, que acaba de marcar...

Y le mostró los cascos de la radio, que llevaba puestos.

–¿Pero, Juana, estás escuchando al Atleti mientras vemos jugar al niño? –preguntó extrañado mi padre.

–Pues claro: están jugando contra el Getafe, nada menos –dijo mi madre–. ¡¡¡Muy bien, Pakete, cariño, digo Francisco!!!

Y empezó a aplaudir.

Me fijé en el palco. Había una silla libre entre el alcalde y la presidenta de la Liga.

Fernangol ya no estaba allí.

Con él también habían desaparecido los periodistas, claro.

No sé cuándo se habría ido.

Me dio un poco de pena que no hubiera visto el segundo gol.

Aunque no había sido tan espectacular como el primero, me habría hecho ilusión.

Y encima había celebrado el gol señalando la bota.

Pero bueno, si era verdad que se iba a quedar una temporada en el pueblo, ya se lo contaría.

El árbitro nos metió prisa.

–Nada de celebraciones, que hay que acabar el partido –advirtió Armando–. Cada segundo cuenta.

Ocho entró en el campo en lugar de Tomeo, que seguía un poco dolorido.

Y nos preparamos para aguantar los últimos instantes.

Con un dos a cero ya no podían hacer nada.

El partido era nuestro.

Una vez más, el capitán del Leganil sacó de centro y le pasó al defensa central.

Seguramente iban a dejar pasar el tiempo sin más.

Pero Toni pegó una tremenda carrera y fue directo a por él.

Creo que no le había gustado que yo metiera dos goles.

Estaba acostumbrado a ser el máximo goleador, el protagonista.

El caso es que el defensa del Leganil no se esperaba aquello.

Apenas quedaban unos segundos.

Perdían por dos a cero.

Y de repente... el delantero rival iba corriendo a por él como loco.

Toni le pilló totalmente por sorpresa.

Se tiró al suelo y le quitó el balón.

Por inercia, Helena y yo corrimos para acompañar a nuestro compañero.

Aunque estaba claro lo que él quería: meter un gol como fuera antes de acabar el partido.

Toni corría con el balón en los pies.

Enseguida salieron a taparle los dos laterales, que no estaban dispuestos a dejarle irse así como así.

Intentó avanzar por el centro, pero la número 2 y el número 3 del Leganil le cerraron el paso.

Caracoleó con la pelota.

No podía regatear a los dos.

Su intento a la desesperada había sido frustrado.

Sin embargo, aunque no metiera gol, todavía podía culminar la jugada.

Helena y yo corríamos, cada uno por una banda.

–¡Aquí! –dijo ella.

–¡Pasa! –dije yo.

Podía centrar a cualquiera de los dos, subíamos disparados.

Los laterales estaban prácticamente a su lado, se le iban a echar encima.

Toni no quería soltar el balón, pero no tenía otra opción.

Por supuesto, no me centró a mí.

Pegó un zapatazo en dirección a Helena.

Ella corrió y la controló con el pecho.

Dejó que el balón bajara.

Estaba casi en la esquina del campo, desde allí no podía disparar.

Sin pensarlo, pegó un pase hacia el área.

El balón hizo una parábola en el aire.

Comenzó a bajar poco a poco.

Pasó por encima de Toni y de los laterales.

Los tres intentaron darle de cabeza sin conseguirlo.

El portero tampoco pudo despejar, el balón iba muy alto.

Al ver que pasaba justo por encima de mí, me giré y traté de hacer lo único que podía en esa situación: ¡rematar de espaldas y en el aire!

Pude sentir cómo el balón daba vueltas sobre mi cuerpo.

Pegué un tremendo salto de espaldas.

Estiré la pierna derecha todo lo que pude.

Me concentré en el balón y en mi bota.

¡Y rematé de chilena!

¡PATAPAM!

Fue un chut tremendo.

Caí al suelo.

Desde allí pude ver cómo el balón voló sobre el portero...

¡Y entró en la portería!

–¡¡¡Golazo de chilena!!!

Eso ya era demasiado.

¡Tres goles en el mismo partido!

¡Y el último, de chilena!

¡Nunca antes lo había conseguido!

¡Ni creo que lo volviese a lograr!

Tirado sobre el césped, miré mis botas.

Estaba claro que aquellas viejas Rocket One eran muy especiales.

No eran simplemente unas botas de fútbol.

La gente lo celebró en las gradas con risas y aplausos.

Ulises saltaba y ladraba en la banda.

Los entrenadores se abrazaron.

–¡Paketón! ¡¡¡Chilenazo!!! –exclamó Helena con hache.

Se tiró al suelo a mi lado para celebrarlo y me cogió de la mano.

La miré y pensé que aquel momento (los dos tirados sobre el campo de fútbol, agarrados de la mano, después de meter tres goles) seguramente era mi momento favorito de todos los tiempos.

El árbitro pitó el final del encuentro.

Un momento después, llegaron el resto de mis compañeros.

Y por supuesto...

¡Se lanzaron encima!

–¡Pakete, The Rocket One, ja, ja, ja, ja, ja! –gritó Camuñas.

–¡¡¡Bomba!!! –gritó Tomeo, que había salido del banquillo y se lanzó sobre nosotros.

Todos hicimos una piña.

Felices.

Y también un poco aplastados.

Habíamos ganado el partido.

Estábamos un poco más cerca de nuestro objetivo: el título de Liga.

Me quité de encima como pude las piernas de Tomeo y de Angustias.

Y conseguí escapar de allí abajo.

Había alguien del equipo que no lo estaba celebrando con nosotros.

Toni.

–¿Qué te pasa? ¿No estás contento? –le preguntó Marilyn.

–Sí, sí –dijo él–, pero vamos, que ya lo estáis celebrando como si hubiéramos ganado la Liga y todavía nos quedan dos partidos.

–No te pongas así, anda –le dijo Helena con hache, acercándose–. Ya meterás un gol en el próximo.

–Que no es eso –se excusó él–. Lo importante es el equipo, a mí me da igual quién marque.

–Ya, ya –dijo Helena sonriendo.

Camino del vestuario, vi una figura que me observaba desde la grada, apartada del resto de la gente.

Era Raquel Niebla, la presidenta de la Liga.

Me miraba fijamente mientras hablaba por el teléfono móvil. Su secretario le sujetaba la chaqueta.

Casi no conocía a aquella mujer, llevaba poco tiempo en el cargo.

Por alguna razón, sentí un escalofrío.

Me miraba de un modo... inquietante.

Tras unos instantes, bajó por las escaleras y se alejó hacia su coche, donde el chófer le abrió la puerta.

Decidí olvidarme de ella.

Qué más daba cómo me mirase la presidenta de la Liga.

Todos en el campo celebraban la victoria.

Padres, entrenadores, el director, el alcalde, Ulises...

También estaba Radu, que es el bedel del colegio y el encargado del mantenimiento del campo de fútbol, y que aplaudía con su inseparable gorra.

Por su parte, los Trapote felicitaron a Armando.

–Has arbitrado de maravilla –dijo su padre.

–Qué bien has tocado el silbato, en el momento justo –aseguró el abuelo.

Aquel domingo había salido todo bien.

Habíamos ganado.

Tenía las torpedo.

¡Y había metido tres goles!

Era el mejor domingo en mucho tiempo.

Al menos hasta ahora.

7

–¡Sorpresa!

Mi madre entró en casa y exclamó:

–¡Mirad quién viene a cenar!

Mi padre abrió curioso la puerta de la cocina, con el delantal puesto.

Yo pegué un salto desde el sofá para ver de quién se trataba.

Y mi hermano mayor, Víctor, se asomó desde el piso de arriba, por las escaleras.

En el recibidor de mi casa estaba... ¡Fernangol en persona!

–Buenas noches, familia –dijo sonriendo–. Gracias por invitarme a cenar.

–Ah, no sabía –murmuró mi padre–. Adelante, por favor. Juana, estas cosas se avisan...

–Si es molestia, me voy –replicó Fernangol.

–Molestia ninguna –aseguró mi madre–. Es un honor para los García Casas que Fernando González cene con nosotros.

–Por supuesto –rectificó mi padre–. Solo quería decir que, si lo hubiera sabido, habría preparado algo especial... Tenemos macarrones con coliflor...

–Me encanta la coliflor –dijo Fernangol.

–A mí también –asentí yo, acercándome.

–Mentiroso –bramó mi hermano desde las escaleras–. Siempre has odiado la coliflor, enano. Por cierto, yo paso de cenar. Estoy jugando *on line* el torneo doble de *Round Zero* y escuchando música.

Y dio un portazo.

Mi hermano tiene catorce años y su especialidad es protestar por todo y llamarme enano.

Está en una edad muy mala, el pobre.

–¡En cuanto te avise, bajas a cenar! –gritó mi madre–. ¿¡Estamos!?

A lo lejos se escuchó la voz de mi hermano:

–Sí, mamá.

–Pues nada, pase, señor González –indicó mi padre, invitándole a entrar–. Donde cenan cuatro cenan cinco...

–En realidad, no vengo solo –respondió él.

–¿Ah, no?

Inmediatamente cruzó la puerta principal uno de los periodistas, que había estado esperando en el partido.

Llevaba una cámara al hombro y grababa.

–Es para un documental –explicó Fernangol–. ¿Les importa?

–No, no, para nada –contestó mi madre, coqueta, sonriendo a cámara.

–¿Sobre qué es el documental? –pregunté.

–Sobre qué va a ser –dijo–: sobre Fernangol, ja, ja, ja, ja, ja, qué cosas tienes. ¿Podemos subir a las habitaciones? Nos gustaría grabar la casa del afortunado niño que se ha quedado con las míticas torpedo.

–Claro. Acompáñenme, por favor –contestó mi madre.

–¿Yo también voy a salir en el documental? –pregunté.

–Por supuesto –dijo el cámara encendiendo un pequeño foco.

Nos pidió a todos que apagásemos los teléfonos móviles, para no interferir en la grabación.

Mientras mi padre terminaba la cena, hicimos un recorrido por la casa, sin dejar de grabar en ningún momento.

Grabamos por todas partes: en el jardín, en las escaleras, de pie por el pasillo, sentado en el viejo sillón rojo de mi padre... ¡Incluso grabamos en mi cuarto, con las Rocket One!

Me dio un poco de vergüenza ponerme delante de la cámara, pero intenté hacerlo lo mejor posible.

Entre los dos me preguntaron algunas cosas sobre el equipo de fútbol, sobre el pueblo y sobre las Rocket One.

Fernangol miró las botas con nostalgia.

–Si algún día las quiere –dije–, yo se las devuelvo sin problemas.

–Ahora son tuyas –replicó él.

Y seguimos grabando.

En una de las tomas, mi hermano apareció por detrás.

–El enano es famoso, ja, ja, ja, ja, ja –dijo riéndose, y me dio una colleja.

Ah, sí, se me había olvidado: otra de las especialidades de mi hermano es darme collejas.

–¡Víctor! –exclamó mi madre.

–Esto es precisamente lo que queremos para el documental –dijo Fernangol–: la vida cotidiana y espontánea de una familia.

–Qué bien –murmuré, llevándome la mano a la nuca.

Después bajamos otra vez al salón.

Normalmente cenamos en la cocina, pero ese día mis padres sacaron el mantel nuevo y abrieron la mesa del salón.

–Hala, pues aquí están –anunció mi padre, dejando una enorme bandeja sobre la mesa–, mis famosos macarrones con bechamel y coliflor. Está mal que yo lo diga, pero no me salen mal del todo.

–Tienen muy buena pinta –dijo el cámara enfocando.

–¿Esto también lo graban? –preguntó mi padre, desconcertado.

–Nos interesa sobre todo el lado humano –explicó Fernangol–. Cuanto más material, mejor.

–Anda, que si al final salen en la tele tus macarrones, ja, ja, ja –dijo Víctor–, me parto.

–¿Quiere un poco de pan de espelta, señor González? –dijo mi madre ofreciéndole.

–No sé lo que es eso –dijo él–, pero me encanta probar cosas nuevas.

–Mucha gente no lo entiende –aseguró mi padre–, pero la pasta y la coliflor son una combinación nutritiva de primer orden, por no hablar del sabor: se retroalimentan que da gusto...

–Muy interesante –le cortó Fernangol, y me miró–. Bueno, y tú qué, ¿estás contento con las botas? Has metido tres goles el primer día.

–Sí, muy contento –dije–. Muchas gracias.

–Es un gesto precioso –dijo mi madre–, regalar sus famosas botas a un niño. Yo al principio pensé: «Mi hijo se va a pegar un trompazo con esas botas tan viejas», pero luego les he cogido cariño, mira tú.

–¡Ya he terminado mi plato! –exclamó Víctor–. ¿Puedo irme a mi cuarto?

–¿¡Ya te lo has comido!? –preguntó mi padre, sorprendido–. Cualquier día te vas a pillar una indigestión.

–Pues claro que no puedes irte –añadió mi madre–. Aquí te quedas hasta que terminemos todos, faltaría más. Y nada de móvil en la mesa, ya lo sabes.

Mi hermano se cruzó de brazos y puso mala cara, como de costumbre.

Suspiró como si aquello fuera una tortura.

Fernangol ignoró a Víctor y me miró fijamente.

Hizo un gesto al cámara para que le enfocase.

A continuación, bajando la voz, dijo en tono misterioso:

–Debes saber que las Rocket One son unas botas mágicas.

–¿Qué quiere decir? –pregunté.

–Pues eso, ni más ni menos –siguió él–. Que hayas metido hoy tres goles no es una casualidad. ¿Alguna vez lo habías conseguido antes?

–Creo que no –contesté.

–¿Has metido tres chicharros, enano? –preguntó mi hermano, sorprendido.

–El último, de chilena –dijo mi padre, orgulloso.

–Exacto –corroboró Fernangol, acercándose a mí–. Estas botas traen suerte. Y sacan lo mejor de la persona que las lleva puestas.

Me puso una mano sobre el hombro y añadió:

–Si las usas bien, te convertirán en un futbolista asombroso, uno de los mejores de todos los tiempos. Te lo digo por experiencia.

Tragué saliva.

Por alguna razón, me empezó a entrar calor por todo el cuerpo.

¿Qué significaba «usarlas bien»?

¿Yo un futbolista «asombroso»?

¿Uno de los mejores «de todos los tiempos»?

Hasta ahora, yo era más bien un futbolista del montón.

Vale que me encantaba jugar.

Pero nunca había destacado.

Ni siquiera era uno de los mejores de mi equipo.

Miré la enorme nariz de Fernangol apuntándome, sus ojos clavados en mí, el pelo tan blanco que le daba un aspecto aún más misterioso.

Parecía hablar muy en serio.

–¿Cuándo tienes el próximo partido? –me preguntó.

–¿Eh? –dije absorto.

–Con tu equipo, el Soto Alto, ¿cuándo jugáis?

–El miércoles por la tarde –respondí–. Esta semana hay jornada entre semana.

–No olvides llevar las Rocket One –dijo Fernangol.

–Estaremos ahí grabando –aseguró el cámara, que nos estaba enfocando.

–Claro, el niño llevará las botas –aseguró mi madre.

–Si habláis tanto y no coméis, no se va a acabar nunca esta cena –intervino mi hermano, suspirando.

–En eso lleva razón Víctor –dijo mi padre sonriendo–. Además, si se queda fría, la pasta con coliflor pierde su gracia.

¡Din-dong!

¡Din-dong!

¡Din-dong!

El timbre de la puerta sonó tres veces.

–Qué raro –dijo mi madre levantándose–. ¿Quién puede ser a estas horas?

Y volvió a sonar.

¡Din-dong!

–¡Ya va! ¡Ya va!

En cuanto abrió la puerta, entró en casa Gustavo Ferrada, el alcalde.

Parecía muy nervioso.

Todos nos pusimos en pie.

–¿Se puede saber por qué no contestáis el teléfono? –preguntó.

–Es que los hemos apagado –se justificó mi padre señalando al cámara, que en ese momento enfocaba al alcalde–. Por el documental, ya sabes...

–¿Qué ha ocurrido, Gustavo? –dijo mi madre, alarmada.

–Han entrado a robar en mi casa –anunció el alcalde con gesto compungido.

–¿¡Qué!? –exclamó mi madre.

–¿Cuándo? –dijo mi padre.

–Esta tarde, durante el partido con el Leganil –explicó–. Y no solo eso. También han robado en el ayuntamiento.

–¿¡En el ayuntamiento también!? –preguntó de nuevo mi padre.

El alcalde asintió desesperado.

–Y hay más...

–¿¡Más!?

–También han desvalijado la nueva casa de Raquel Niebla –prosiguió.

–Ostras, cómo mola –murmuró mi hermano–, una ola de robos en el pueblo.

–Víctor, calla, que esto es muy serio –ordenó mi madre.

–¡Tres casas robadas casi al mismo tiempo! ¡Incluyendo la sede del ayuntamiento! –exclamó Gustavo llevándose las manos a la cabeza–. ¡Es un desastre, una banda organizada. Es... lo nunca visto en Sevilla la Chica!

No sabíamos qué decir.

El alcalde miró al cámara y le pidió:

–Por favor, no grabe esto.

–Sí, perdón –respondió, y apagó la cámara.

–Voy a coger mis cosas ahora mismo –dijo mi padre muy serio.

Como policía del pueblo, tendría que hacerse cargo del caso.

–Lo siento mucho –dijo Fernangol–. Si puedo ayudar en algo...

–Bueno, ya que estamos –dijo el alcalde, y sacó una libreta y un bolígrafo–. Si no le importa firmar un autógrafo para mi sobrino, se llama Manolo.

8

A la mañana siguiente, en el colegio no se hablaba de otra cosa.

Por lo visto, los ladrones habían robado toda clase objetos de valor.

Televisiones, ordenadores, joyas, dinero en efectivo...

Tanto en la casa del alcalde y de la presidenta de la Liga como en el ayuntamiento.

Y todo mientras nosotros jugábamos el partido.

–Han aprovechado que estaba la gente en el campo de fútbol –dijo Anita– para entrar a robar.

–¿Y tu padre qué dice? –preguntó Tomeo–. ¿Hay sospechosos? ¿Pistas?

–Mi padre nunca cuenta nada de los casos policiales –respondí–. Se marchó anoche con el alcalde y no le he vuelto a ver.

–Tal vez es un asunto para los Futbolísimos –propuso Camuñas.

–Shhhhhhhhhhhhhhhh –le dijo Marilyn.

Estábamos en el patio, a la hora del recreo.

Sentados en una pequeña grada de cemento que hay en un extremo.

Aun así podían oírnos.

Los Futbolísimos es un pacto secreto que hicimos los nueve. Para ayudarnos los unos a los otros y seguir siempre juntos, pasara lo que pasara. Hemos resuelto unos cuantos misterios y hemos jugado muchos partidos.

–Estos son robos muy serios –intervino Helena–. No tienen nada que ver con nosotros.

–Bueno, algo sí que tienen que ver –recordó Ocho–. Han robado aprovechándose de nuestro partido.

–A lo mejor deberíamos investigar –insistió Camuñas.

–Si vais a empezar con cosas raras, yo me voy –advirtió Angustias.

–Estoy de acuerdo –zanjó Toni–. Hoy tenemos entrenamiento. Y dentro de dos días, partido decisivo contra el Valdemar. Eso es lo único que debe importarnos ahora.

–¿Has traído las torpedo, Pakete? –preguntó Tomeo, interesado.

–¿Para qué las voy a traer al colegio? –dije–. Están en casa.

–He tenido una idea sobre las botas –propuso Toni.

–¿Qué idea? –pregunté desconfiado.

Toni se puso en pie y nos miró a todos.

–Muy sencillo –dijo–. Somos los Futbolísimos y siempre compartimos todo, ¿verdad?

–Sí, claro.

–Eso es cierto.

–Más o menos –dijo Camuñas–. Yo mi gorra no la comparto con nadie, es mi amuleto de la suerte.

–Bueno, a lo que voy –continuó Toni–: creo que debemos compartir las Rocket One.

–¿¡Qué!? –exclamé–. ¿Cómo compartir?

–Que en cada partido se las ponga uno del equipo –explicó Toni.

–¿Y eso por qué? –insistí.

–Pues porque somos un equipo –dijo–, porque somos los Futbolísimos y porque el propio Fernangol dijo que le hacía ilusión que las tuviera alguien del equipo, le daba igual quién.

–Pero las botas me eligieron a mí –protesté.

–Las botas no eligen nada –dijo Anita.

–Las cogiste de chiripa –añadió Ocho–, porque se me escurrieron.

–Fernangol vino anoche a cenar a mi casa –me defendí–, y me dijo que las botas ya eran mías para siempre.

–¿Cenó en tu casa? –preguntó Helena, sorprendida–. ¿Y por qué no lo habías contado?

–No me ha dado tiempo –justifiqué–, con los robos y todo lo que ha pasado.

–¿Por qué fue a tu casa? –preguntó Camuñas.

–¿Qué te dijo exactamente? –dijo Anita.

–¿Y qué cenasteis? –dijo Tomeo.

Ahora todos se habían puesto en pie a mi alrededor.

Y me miraban como si yo hubiera hecho algo malo.

–Cenamos macarrones con coliflor –dije–. Y no sé por qué vino. Están grabando un documental, a lo mejor querían sacar las botas, ¡no lo sé!

–Primero te llevas las botas de casualidad y ya no quieres soltarlas –replicó Toni–. Después nos ocultas que Fernangol ha ido a tu casa. Y ahora no quieres compartir las botas con tus amigos y compañeros. ¡Se te han subido los humos desde que has marcado tres goles!

–¡Eso no es verdad! –dije.

–Venga, votemos, como hacemos siempre –propuso Camuñas–. ¿Quién quiere que las Rocket One se compartan en cada partido?

–Este tema no se puede votar –me quejé–. Son mías, y si tenéis tanto interés, yo os las puedo dejar encantado, pero no me podéis obligar...

Ni siquiera me escucharon.

Inmediatamente, los ocho levantaron la mano.

–Hala, decidido por unanimidad –sentenció Marilyn–. En cada partido, uno de nosotros llevará las Rocket One. Lo más lógico es que en el próximo las lleve yo, como capitana.

–De eso nada –intervino Toni–. Como máximo goleador, me corresponden a mí.

–Yo creo que debería llevarlas el portero –propuso Camuñas.

Negué con la cabeza.

–Si tanto interés, tenéis –dije–, os regalo las Rocket One. ¡Me da exactamente igual!

Me levanté de la grada y me alejé de allí.

–Pakete, no te lo tomes así –pidió Marilyn–. Ha sido una votación democrática.

–Oye, si de verdad vas a regalarlas –dijo Camuñas–, acuérdate de que soy tu mejor amigo.

–Pakete, no te marches enfadado, que me pongo muy triste –pidió Angustias–. Oye... Pakete... Vuelve...

–¡Oye! –exclamó Tomeo–. ¿De verdad comisteis macarrones... con coliflor?

No contesté a ninguno.

Ni miré atrás.

Atravesé el patio con la mirada al frente.

Estaba dispuesto a compartir las torpedo con mis compañeros.

Pero no me gustaba que me obligaran.

Bueno, bien pensado, a lo mejor sí me molestaba un poco tener que dejárselas.

Ya me había hecho ilusiones.

En el partido con el Leganil me había sentido fenomenal.

Y luego estaba lo que me había dicho Fernangol.

Que podía convertirme en un futbolista asombroso.

Uno de los mejores.

Solo pensarlo, me daba vergüenza.

Sin embargo, no podía evitarlo.

–Hola, Pakete, yo presento familia mía.

Al pasar por la puerta del gimnasio, apareció Radu.

Con una gran sonrisa.

A su lado estaban tres personas que no había visto en toda mi vida.

–Son hermanos míos –explicó Radu, orgulloso–. Ellos venir a verme desde Bucarest.

–Ah, encantado –dije.

–Él, Pakete –presentó Radu señalándome–, muy bueno conmigo siempre. Ellos ser Aisha, Vasile y Pol.

A su lado estaban los tres.

Todos llevaban gorras casi iguales.

Y eran muy grandes, como Radu.

Se parecían un montón entre ellos.

–Alo –dijo Aisha, la hermana.

–Alo –siguió Vasile.

–Alo –repitió Pol.

–Alo –dije yo también.

–Tú famoso niño meter tres goles –dijo Aisha.

–Bueno, famoso tampoco –respondí–. Tuve suerte. ¿Visteis el partido?

–Nosotros no ver –contestó Vasile.

–Pero Radu hablar mucho de ti –añadió Pol.

–Radu feliz –explicó el bedel–. Mucho tiempo sin ver hermanos.

–Me alegro mucho, de verdad –dije–. Pero ahora me tengo que ir a clase, perdonad. Ya nos veremos.

Los dejé allí y seguí adelante.

Radu me caía muy bien.

Y me alegraba por él.

Pero ahora no tenía ganas de hablar con nadie.

Entré en el edificio y crucé el pasillo, en dirección a mi clase.

–¡Pakete, espera un segundo!

Parece que de repente todo el mundo quería hablar conmigo.

Del despacho principal salió Esteban, el director.

–En el colegio estamos muy felices de que te hayan tocado a ti precisamente las botas de Fernangol –dijo.

–No me tocaron –aclaré–: me eligieron ellas.

–Bueno, sí, eso –continuó Esteban–. El caso es que el Consejo Escolar y yo mismo opinamos que sería muy importante que los niños pudieran ver las botas. Se convertirían en una inspiración para todos.

–Podrán verlas en los partidos –dije.

–Ya, lo que pasa es que no todo el mundo va a los partidos –dijo él–. Además, que las Rocket One originales trascienden el fútbol. Son un icono histórico. Deberían estar expuestas aquí, en la entrada del colegio, como un ejemplo de superación y constancia.

–¿Quieres que le regale las botas al colegio? –pregunté desconcertado.

–Sería, más bien, un préstamo –aclaró–. Por supuesto, para los partidos podrías ponértelas. Y mientras tanto estarían aquí, a la vista de todo el mundo. Sería una verdadera maravilla.

No me lo podía creer: otro que me quería quitar las botas.

¿Qué les pasaba a todos?

–¿A que sería un gesto precioso? –dijo el director–. ¿Estamos de acuerdo? ¿Cuándo puedes traer las botas?

–Hummmmmmm –contesté–. Tengo que hablarlo primero con mis padres.

No sé por qué dije eso, fue lo primero que se me ocurrió.

–Claro, claro, con tus padres –musitó Esteban, pensativo–. Si quieres, hablo yo mismo con ellos.

–No hace falta, gracias –dije–. Ya me encargo yo.

Y seguí caminando por el pasillo.

Por fin entré en mi aula.

Me dejé caer en la silla de mi pupitre.

No me sentía bien.

Por un lado, no quería ser egoísta.

Compartir las botas era algo bueno.

Pero, por otro lado, no podía dejar de pensar en los tres goles y en todo lo que me había dicho Fernangol de las Rocket One.

Según él, eran mágicas.

Y me iban a convertir en un gran futbolista.

Pfffffffffffffffff.

Qué difícil tomar una decisión.

Saqué mi libro de Lengua del cajón y me preparé para la siguiente clase.

Entonces lo vi.

Alguien me había dejado un sobre allí dentro.

Un pequeño sobre de color blanco en el que ponía: «Para Pakete».

Miré a mi alrededor, estaba solo en el aula, los demás aún no habían regresado del recreo.

Abrí el sobre.

Dentro había una nota escrita a mano.

La leí con atención:

Te espero hoy a las doce en punto de la noche.
Tengo algo para ti que siempre has querido.
Muy importante: trae las Rocket One.
Sigue las instrucciones y todo saldrá bien.
Si no vienes, te arrepentirás.

Firmado:
Un amigo.

También había un pequeño plano hecho a mano con una cruz y una flecha.

Lo miré y tragué saliva.

9

El mapa señalaba claramente un montículo de piedras junto al río que está cerca del pueblo.

Que yo supiera, solo existía un lugar así.

El célebre montículo de las Mil Piedras.

Tal vez hace mucho tiempo hubo mil piedras, pero desde luego ahora eran muchísimas menos.

No sé quién le habría puesto ese nombre.

Era un puñado de piedras en la parte baja del río.

Amontonadas unas sobre otras.

Con la particularidad de que las había de distintos colores: blancas, negras, verdes, azuladas...

Había pasado por allí muchísimas veces.

En bicicleta.

Con mis amigos, para bañarnos.

Con mi familia, de excursión.

Pero hasta ahora, nunca había ido en plena noche.

Les había enseñado a mis amigos el sobre con la nota y habíamos decidido acudir a la cita.

–Qué manía –protestó Angustias–, pudiendo quedar a media tarde, con la luz del sol.

–En la nota pone claramente «a las doce de la noche» –recordé.

–Siempre igual –se lamentó Angustias–. No tendría que haber venido.

Allí estábamos los nueve.

Subidos a nuestras bicicletas.

Con los faros encendidos.

Acercándonos por el camino de tierra al montículo de las Mil Piedras.

–¿Has traído las botas? –preguntó Camuñas.

–Claro que las he traído –respondí.

Las llevaba en mi mochila.

–¿¡Pero le vamos a entregar las Rocket One!? –dijo Tomeo.

–¡Por supuesto que no! –exclamó Marilyn–. Las torpedo son nuestras.

Más bien eran mías, pensé, pero no lo dije.

No era el momento.

–Entonces, ¿para qué las llevamos? –preguntó Ocho.

–Porque es lo que ponía en la nota –respondí–. Si no llevo las botas, a lo mejor no aparece.

–¿Quién? –preguntó Tomeo.

–Pues el que ha escrito la nota –dije–, sea quien sea.

–¿¡Entonces no sabemos con quién nos vamos a encontrar!? –dijo Angustias, más angustiado si cabe.

–Es una nota anónima –explicó Anita.

–Ya, ya –dijo Angustias–. Pero no sé para qué venimos, si no le vamos a dar las botas ni tampoco sabemos quién es. No lo entiendo.

–Yo tampoco, la verdad –dijo Toni.

–¡Pero si habéis dicho todos que viniéramos! –protesté.

–Porque parecías muy asustado por la nota –contestó Toni.

–No estoy asustado –dije–, estoy preocupado.

–Hemos hecho bien en venir –zanjó Marilyn–. No vamos a permitir que alguien deje una nota asustando a un miembro de los Futbolísimos.

–Que no estoy asustado –repetí.

–Pues yo sí –dijo Angustias.

–Y yo –reconoció Tomeo.

–Yo, un poco también –admitió Ocho.

–Además, por lo visto, tiene algo que siempre has querido –dijo Helena–. No perdemos nada por ver de qué se trata.

–¿Os imagináis que el autor de la nota pertenece a la banda que ha entrado a robar en las casas del pueblo? –dijo Toni sonriendo.

–Una cosa no tiene nada que ver con la otra –rebatió Helena, pensativa–. O al menos, eso espero.

–Si no me doy la vuelta ahora mismo, es porque me da más miedo volver solo a casa que acompañaros al río a medianoche –avisó Angustias.

–¡Mirad, allí está! –anunció Camuñas.

–¿¡Quién!? –preguntó Tomeo, deteniendo la bicicleta.

–El montículo de las Mil Piedras –dijo el portero.

Efectivamente.

Allí estaba.

Un puñado de piedras cerca de la orilla del río.

A pesar de que no eran mil ni mucho menos, llamaba la atención.

–Antiguamente había muchísimas piedras de distintos tamaños y colores –dijo Anita–, pero los turistas se las han ido llevando y ahora solo quedan unas pocas.

–Creía que estaba prohibido llevarse estas piedras –murmuró Ocho.

–Sí, pero ya sabes cómo es la gente –se lamentó Anita.

Alrededor del montículo habían puesto una cuerda y un pequeño cartel: «No pasar. Montículo de las Mil Piedras».

Dejamos las bicis con las luces encendidas, justo enfrente.

Y bajamos.

Caminamos unos pasos hasta el río.

Miramos a un lado y otro.

–No hay nadie –se lamentó Toni.

–Tal vez se ha asustado al ver llegar a los Futbolísimos –dijo Camuñas.

–Sí, fijo –dijo Anita.

–Tampoco sabemos si es uno solo o son varios –recordó Helena–. La nota la firma «un amigo», pero eso no significa nada.

Esperamos unos segundos.

No aparecía nadie.

–¿Son las doce ya? –preguntó Helena.

–Las doce y un minuto –respondió Marilyn.

–Menos mal que he traído unas barritas energéticas –dijo Tomeo, sacando del bolsillo unas cuantas–. Entre los nervios y la espera me está bajando el azúcar, lo noto.

–Y si no viene nadie –dijo Ocho–, ¿qué hacemos?

–Pues volver a casa tranquilamente –contestó Angustias–. ¿Nos vamos ya?

–De aquí no se va nadie hasta que aparezca el que ha escrito esa nota –dijo Camuñas desafiante, adelantándose–. ¡No te escondas, cobarde, da la cara! ¡Aquí estamos los Futbolísimos!

En ese preciso instante se oyó un ruido entre los matorrales.

–¡Aaaaaaaaah! –gritó Camuñas, retrocediendo.

–¿Qué ha sido eso? –preguntó Ocho.

–Tal vez ha sido un animal del bosque –dijo Anita.

–O el fantasma del montículo –añadió Toni.

–Muy gracioso –murmuró Angustias, que se había escondido detrás de Tomeo.

–Me he tragado la barrita del susto –dijo Tomeo, dándose unos pequeños golpes en el pecho.

Volvió a oírse un ruido en el mismo lugar.

Como unas pisadas.

O alguien removiendo los matorrales.

Todos miramos hacia el lugar del que procedía el ruido.

Marilyn enfocó hacia allí con el faro de su bicicleta.

–¿Quién anda ahí? –preguntó la capitana.

Se podía oír el viento soplando entre las ramas de los árboles.

Admito que estaba un poco nervioso.

Quizá no deberíamos habernos escapado de casa a esas horas.

Ya sé que no era la primera vez que lo hacíamos.

Pero, con esa ola de robos en el pueblo, puede que no fuera la mejor idea del mundo venir a escondidas hasta el río.

Y menos para encontrarnos con alguien misterioso que iba dejando notas anónimas.

De pronto, me entraron ganas de gritar a mis compañeros: «¡No teníamos que haber venido! ¡Huyamos!».

Sin embargo, alguien se me adelantó.

Desde el otro lado de los matorrales, una voz preguntó:

–¿Habéis traído las Rocket One?

Nos miramos sorprendidos.

Debía de ser el autor de la nota.

Marilyn dio un paso al frente y dijo:

–¿Quién eres?

–Soy vuestra peor pesadilla –contestó.

Se abrió paso entre los matorrales.

Y apareció delante de nosotros.

–Buenas noches, listillos –dijo.

10

Entre los matorrales, sonriendo en la penumbra, estaba...

El Solomillo.

Me refiero al hijo.

Ramiro García.

Más conocido como el Somillo II.

Vestido con su chándal rojo.

Observándonos.

–¿Tú dejaste la nota en mi pupitre? –pregunté sorprendido.

–Eso parece –respondió.

–¿Cómo entraste en nuestro colegio y en nuestra clase? –dijo Marilyn.

–No es tan difícil –contestó–, ni que fuera la NASA. Entré ayer domingo, durante el partido, después de ver que te habían tocado las botas.

–Y dale –dije–. No me han tocado: las Rocket One me han elegido a mí.

–Ya, bueno –explicó Ocho–, pero ahora las vamos a compartir todos.

–Empezando por el portero –dijo Camuñas–, que es el puesto clave del equipo, como todo el mundo sabe.

–Eso ya lo veremos –replicó Toni–. Lo importante en el fútbol es meter goles. ¿Para qué quiere un portero las botas?

–Porque me hace ilusión –insistió Camuñas–, y porque yo fui el primero que saludé a Fernangol.

–Ya lo hablaremos, no es el momento –intercedió Helena, y se dirigió al Solomillo II–: ¿Por qué has dejado esa nota? ¿Qué quieres exactamente?

Él me miró fijamente.

Y dijo:

–Está muy claro. Quiero las botas. ¿Las has traído?

–Sí –dije–, pero no te las pienso dar.

–Entonces, ¿para qué las has traído? –preguntó.

–Eso mismo he dicho yo –intervino Tomeo–. Por cierto, ¿es verdad que te comes un solomillo todos los días?

El Solomillo II se rio al oír aquello.

–Tengo una propuesta que no podréis rechazar –dijo.

–Nosotros somos capaces de rechazar cualquier propuesta, por muy buena que sea –replicó Camuñas.

–Hombre –dijo Toni–. Si es muy muy buena, podemos pensarlo.

–Nada, que no –insistió Camuñas, ajustándose su gorra–. ¡Oferta rechazada y se acabó el tema!

–Pero si todavía no la hemos oído –recordó Anita.

–¡Ni falta que hace! –exclamó el portero, cada vez más exaltado, señalando al Solomillo II–. ¡¿Crees que puedes convocarnos a medianoche y hacernos una oferta buenísima así como así? ¿Crees que vamos a escucharte porque tú lo digas? ¿Crees que, aunque Pakete haya traído las botas en su mochila, te las vamos a dar?

El Solomillo II se quedó pensativo un instante.

Y después contestó:

–Eso es precisamente lo que creo.

–¡Ja! –dijo Camuñas.

El portero se giró hacia nosotros, parecía asustado de su propia reacción.

–No tengo ni idea de por qué me he puesto así –nos dijo en voz baja, dándole la espalda al Solomillo II.

Marilyn, como capitana, le puso una mano en el hombro.

–Tranquilo, ya pasó.

A continuación, Helena con hache se dirigió al capitán del Barranquilla.

–Vamos a escuchar tu propuesta. Pero solo porque somos educados.

–Y también porque estamos muertos de curiosidad –murmuró Tomeo–, por lo menos yo.

–Antes de decir nada, quiero ver las botas –anunció el Solomillo II.

–¿No te fías de mi palabra? –pregunté.

–Por supuesto que no –respondió él.

–Vale –dije–. Entonces te las enseño.

Al fin y al cabo, no tenía nada que perder por enseñarle las Rocket One.

Las saqué de la mochila y las levanté con la mano derecha.

–Aquí están –dije.

Todos miraron las torpedo.

Viejísimas.

Con las inconfundibles bandas azules.

–No hay duda de que son las auténticas Rocket One –dijo Ocho–. Están hechas un asco.

–Es que me da miedo limpiarlas –expliqué–, por si acaso me las cargo.

–Ya puedes decirnos cuál es tu propuesta –dijo Toni.

–Muy bien –contestó el Solomillo II, sonriendo–. Mi propuesta es un intercambio: si me dais las botas ahora, yo os doy algo mucho mejor a cambio.

–No hay nada mejor que las Rocket One –protesté yo.

–Tampoco te pases –dijo Tomeo–. Imagina una fábrica de chocolate, por ejemplo.

–O un viaje a la Luna en una nave espacial –murmuró Ocho.

–O un superpoder –dijo Camuñas–, como poder volar o ser invisible.

–O estar en tu cama durmiendo tranquilamente y calentito –susurró Angustias.

–Bueno –les corté–. Pero aparte de una fábrica de chocolate, un viaje a la Luna o un superpoder, no hay nada mejor que las Rocket One.

–¿Lo de dormir no lo has dicho porque se te ha olvidado? –preguntó Angustias–. ¿O porque no te parece bastante bueno? Porque a mí me parece que es lo mejor del mundo...

El Somillo II negó con la cabeza.

–Hay una cosa con la que lleváis soñando mucho tiempo –aseguró–. Algo que siempre habéis querido. Y yo os lo puedo dar.

–Dilo ya, por favor –pidió Anita–. Me estoy poniendo supernerviosa.

–Si me dais las Rocket One –dijo el Solomillo II–, yo os aseguro que seréis campeones de Liga.

¿¡¡¡Qué!!!?

Eso sí que no me lo esperaba.

–Eso no depende de ti –rebatió Marilyn.

–Claro que sí –explicó el Solomillo II–. Si ganáis el último partido contra nosotros, seréis campeones.

–¿Quieres decir que os dejaríais ganar? –preguntó Toni.

–Digamos que lo pondríamos fácil –respondió él.

–¿Pero es que vosotros no queréis ganar la Liga? –preguntó Ocho.

–Ya hemos ganado tres veces la Liga –dijo orgulloso el Solomillo II–. Ahora preferimos las Rocket One.

–Eso que propones es trampa –aseguró Helena–. Nosotros defendemos el juego limpio, jamás aceptaríamos un trato así.

–¡Jamás! –exclamó Camuñas, que todavía seguía un poco nervioso–. ¿Ah, no? ¿Ni siquiera por el título de Liga?

–A mí me encantaría ganar la Liga para saber qué se siente –dijo Tomeo.

–Y viajar al Campeonato de España con los mejores equipos –continuó Ocho.

–Viajar a Tenerife –prosiguió Anita, soñadora–, con sus playas y su volcán.

–A mí subir en avión me da miedo –intervino Angustias.

–¡No podéis estar hablando en serio! –cortó Marilyn–. Somos... el Soto Alto Fútbol Club y nunca aceptaríamos un acuerdo así. Además, ¿cómo sabemos que, si te damos las botas, luego cumplirás tu parte del trato?

–Os doy mi palabra –dijo el Solomillo II.

–¡Ja! –espetó Camuñas.

–En todo caso, será al revés –indicó Toni–. Primero nos dejáis ganar la Liga y luego te damos las botas.

–¡Que no! –volvió a decir Helena–. ¡Que no le vamos a dar las botas!

–Bueno, he dicho «en todo caso» –se excusó Toni.

–Quizá podríamos votar –propuso Ocho–. Siempre decidimos todo por mayoría, ¿no?

–Pero esto es distinto –intervine yo–. Primero, porque aunque las vayamos a compartir, las botas son mías. Me las regaló Fernangol a mí.

–Qué posesivo te has vuelto –murmuró Toni.

–Y segundo –continué, ignorando a Toni–, porque este acuerdo es ilegal. Sería amañar un partido. ¡Nosotros no hacemos eso!

–Creo que deberíais votar, como ha dicho el pequeñajo –replicó el Solomillo II–. Es lo más justo.

–¿El pequeñajo soy yo? –preguntó Ocho, molesto.

–No hay nada que votar –insistió Helena–. No vamos a hacer trampas en la competición, de ninguna manera.

–A mí me parece que votar es algo positivo –dijo Camuñas–. Es lo que solemos hacer siempre.

–¿Pero tú no estabas en contra del acuerdo? –le preguntó Helena.

–Ya, bueno –se disculpó el portero–. A lo mejor me he precipitado.

Helena negó con la cabeza, aquello se nos estaba yendo de las manos.

–No nos pongamos nerviosos –dijo Marilyn–. A ver, que levanten la mano los que quieren votar.

–¿¡Vamos a votar... para ver si votamos!? –pregunté.

–Exactamente –contestó la capitana–. Venga, manos arriba los que estén a favor de votar.

–¡Yo no quiero votar! –protesté.

–Pues no levantes la mano –dijo Toni.

–No, no –expliqué–. Digo que no quiero votar... para saber si tenemos que votar. Vamos, que no estoy de acuerdo. Nunca hemos ganado la Liga, y si este año lo conseguimos, tiene que ser por nuestros propios méritos, no haciendo trampas. Es algo que recordaremos toda la vida.

–Qué bien habla –dijo Angustias–. Yo estoy de acuerdo con todo lo que ha dicho. Y además, no quiero ir en avión a Tenerife.

–Pakete tiene razón, pensadlo –dijo Helena.

Por un momento, mis compañeros parecieron dudar.

–Ya me habéis cansado –soltó el Solomillo II–. Se acabó el tiempo. Ahora, ni votaciones ni nada.

–Tú no decides eso –replicó Marilyn.

–Sí que lo decido –dijo el Solomillo II, cada vez más chulito–. Tenéis dos opciones: o me dais las botas ahora mismo por las buenas y aceptáis el trato que os he propuesto, o me veré obligado a quitaros las botas por las malas, y encima no ganaréis la Liga.

Le miramos entre sorprendidos y asustados.

–¿Vas a quitarnos las botas tú solo a nosotros nueve? –preguntó Toni.

El Solomillo II sonrió y dijo:

–¿Quién te ha dicho que estoy solo?

Inmediatamente, entre los arbustos apareció una docena de niños con sus chándales rojos.

El equipo del Barranquilla al completo.

11

–¡No teníamos que haber venido, os lo dije! –exclamó Angustias, corriendo a esconderse detrás del montículo.

–¡Haberlo pensado antes, atontados! –dijo el Solomillo II.

Hizo un gesto.

Y los trece integrantes del Barranquilla avanzaron hacia nosotros.

–¡Corre, Pakete! –dijo Marilyn–. ¡Esconde las botas!

Pero... ¿¡Dónde!?

Delante de mí estaban los jugadores del Barranquilla, corriendo hacia nosotros.

Y detrás tenía el río.

No había escapatoria.

–¡Entregadnos las botas y nos iremos! –bramó el Solomillo II.

–¡Nunca! –dijo Helena–. ¡No nos dais miedo!

–¡A mí sí! –gritó Angustias, agazapado tras las piedras del montículo.

–¡A mí también, ya lo he dicho! –aseguró Tomeo–. ¡No quiero pelear con nadi...!

Pero el defensa central no pudo terminar sus palabras.

El portero del Barranquilla, Moreno Moreno, chocó con él.

Como Tomeo era tan grande, el portero salió rebotado y cayó de culo.

Unos y otros empezaron a empujarse.

Aquello estaba a punto de convertirse en una batalla campal.

Retrocedí hasta la orilla, con las botas en la mano, sin saber muy bien qué hacer.

Ocho comenzó a trepar por un árbol.

–¡Aquí! –gritó–. ¡Pásamelas!

No estaba seguro de que fuera muy buena idea.

Suponiendo que pudiera pasarle las botas, los del Barranquilla también podrían trepar y perseguirle.

Pero no se me ocurría nada mejor.

Avancé para lanzarle las Rocket One a Ocho.

Las agarré con ambas manos.

Me incliné hacia atrás para tomar impulso y...

–¡Míaaaaaaaas! –gritó el Solomillo II.

Se abalanzó sobre mí.

Y levantó las manos, cogiendo las botas.

–¡Suéltalas y acabemos con esto de una vez! –ordenó.

Por supuesto, yo no las solté.

–¡Las Rocket One me eligieron a mí! –exclamé.

–Pues ahora me van a elegir a mí –replicó él.

Tiró con fuerza de las botas.

Igual que yo.

Forcejeamos un buen rato, sin soltarlas ninguno de los dos.

–¡Dámelas! –gritó el Solomillo II.

–¡Nunca! –aseguré yo.

Aunque era más grande que yo y tenía esas enormes cejas que daban un poco de miedo, no pensaba darme por vencido.

–¡Aguanta, Pakete, que ya vamos! –dijo Helena mientras intentaba librarse de un defensa del Barranquilla.

No creo que aguantase mucho más.

El Solomillo II pegó dos tirones.

–Ten cuidado –le advertí–, que las vas a romper.

–Pues suelta de una vez –insistió.

–No, no y no –respondí.

Era una situación absurda.

En medio de la noche, junto al río y al montículo de las Mil Piedras, el Solomillo II y yo forcejeábamos por unas botas viejas y cochambrosas.

Cada uno tiraba de un extremo de las Rocket One.

Los demás miembros de los dos equipos dejaron de pelear entre ellos y se arremolinaron a nuestro alrededor.

Unos y otros gritaban, como si fuera una especie de combate.

–¡Dale, Pakete!

–¡Vamos, Solomillo!

–¡Tira, tira!

–¡Venga!

Incluso Ocho, subido al árbol, también animaba:

–¡Tú puedes, Pakete!

Pero la verdad es que no podía.

Estaba a punto de arrebatarme las botas.

El Solomillo II pegó un tirón con todas sus fuerzas...

¡Y se resbaló!

Entonces, las botas salieron por los aires.

Otra vez.

Igual que en el campo de fútbol.

Todos levantamos la vista.

Las Rocket One volaron por encima de nosotros, con la luna al fondo.

Empezaron a caer.

Y...

–¡Nooooooooooooooooooooooooo! –grité.

¡¡¡CHOF!!!

¡Cayeron al río!

¡Dentro del agua!

Corrí hacia la orilla.

Pero era demasiado tarde.

La corriente se las llevaba río abajo.

A toda velocidad.

–¿Qué hacemos? –preguntó Camuñas, espantado.

–¡El agua se las lleva muy deprisa! –señaló Ocho, apoyado en la rama del árbol.

Nos quedamos en silencio.

Las botas desaparecieron entre la oscuridad del agua.

–Adiós, torpedos –murmuró Tomeo–. Os echaremos de menos.

No podía ser.

Habíamos perdido las Rocket One.

–¡Ha sido por vuestra culpa! –exclamó el Solomillo II.

–¿¡Qué!? –dijo Helena–. Encima que intentáis robarnos las botas, ahora nos acusas.

–Nosotros no hemos venido a robar nada –replicó el Solomillo II–. Queríamos hacer un trato bueno para las dos partes, pero sois unos cabezotas.

–Lo habéis echado todo a perder –insistió Moreno Moreno.

–Lo que faltaba por oír –contestó Marilyn–. Sois unos matones... y unos ladrones... y unos... ¡aguabotas!

–Ejem –dijo Anita–. Esa palabra no existe.

–¡Pues debería! –dijo la capitana–. Lo he dicho y lo repito: ¡aguabotas!

–Me gusta cómo suena –dijo Tomeo–: ¡aguabotas!

–Vale, vale, lo que vosotros digáis, perdedores –dijo el Solomillo II–. Ahí os quedáis. Ya nos veremos en el campo de fútbol. Olvidaos de ganar la Liga.

Los jugadores del Barranquilla dieron media vuelta y siguieron a su capitán.

Nos quedamos allí, sin saber cómo reaccionar.

Yo seguía de rodillas, junto al río. Todavía no me lo podía creer.

–No te preocupes, Pakete –dijo Helena, acercándose–. Lo importante es que estamos juntos y no hemos permitido que esos se salieran con la suya.

–Podríamos denunciarles –aseguró Ocho, bajando del árbol.

–¿Y explicar a todos que nos hemos escapado de casa a medianoche? –preguntó Toni–. ¿Y que hemos venido al bosque con las botas? Yo paso.

–Yo tampoco lo veo –reconoció Anita.

–Lo mejor será olvidarnos de todo y ya está –propuso Camuñas.

–¿Olvidarnos? –pregunté escandalizado–. No sé si os dais cuenta: son las Rocket One, las botas más famosas del mundo. Y en el próximo partido, Fernangol va a venir con las cámaras de televisión a grabarme con las botas. Me lo ha dicho.

–Esto no tiene buena pinta –reconoció Marilyn.

–¿Cómo hemos podido perderlas? –pregunté, levantándome desesperado.

–Bueno –intervino Tomeo–, realmente las has perdido tú. Nosotros no las hemos tocado en ningún momento.

–Eso es cierto –dijo Toni.

Les miré incrédulo.

–Pero si fue idea vuestra venir aquí –dije.

–Queríamos ayudarte –dijo Ocho.

–Y tampoco te obligamos –matizó Camuñas.

En el fondo, tenían razón.

La única realidad es que las Rocket One habían desaparecido.

Nunca tuve que hacer caso a la nota anónima.

Ni mucho menos traer las botas.

Había sido una tontería.

–No sé cómo voy a explicárselo a Fernangol –musité–. Ni al resto de la gente.

–Algo se nos ocurrirá –dijo Helena, intentando animarme.

Pero ni ella misma parecía muy convencida.

–Será mejor que cojamos las bicis y volvamos a casa –advirtió Anita–. Se está haciendo muy tarde.

–Sí, vamos –dijo Marilyn.

Nos encaminamos hacia las bicicletas.

Iba cabizbajo.

Mis sueños con las botas mágicas se los había llevado el río.

Y por si fuera poco, tendría que dar un montón de explicaciones.

Nadie lo iba a entender.

Mientras subíamos a las bicis, se escuchó una voz que venía desde el montículo.

–¿¡Ya se han ido!?

Detrás de las piedras asomó Angustias.

–Los del Barranquilla –repitió–. ¿Ya se han marchado?

–¿Pero no te has enterado de nada? –preguntó Ocho.

–¿De qué? –dijo Angustias mirando a su alrededor, asustado–. Yo he cerrado los ojos, me he tapado los oídos y he hecho el bicho bola detrás del montículo.

–Anda, vamos, que es muy tarde –dijo Marilyn, negando con la cabeza.

Los nueve subimos a las bicicletas y nos encaminamos hacia el pueblo.

–Por lo menos hemos aprendido una palabra nueva –dijo Tomeo–. ¡Aguabotas! Suena genial: ¡aguabotas!

Viendo que nadie le seguía la corriente, se calló y siguió pedaleando.

12

–¡Las he encontrado!

A la mañana siguiente, nada más entrar en clase, Camuñas se acercó a mí entusiasmado.

–¡He encontrado las Rocket One! –insistió.

Le miré atónito.

–¿Las has encontrado? –pregunté–. ¿Cómo es posible? Si cayeron al río y las arrastró el agua...

–Ya, bueno. Es que he encontrado una solución –respondió.

–A ver si me entero –dije–. ¿Has encontrado las botas... o una solución?

Él se quedó pensativo.

–Las dos cosas –replicó, aunque no parecía muy convencido–. Mira esto.

Me enseñó su móvil.

En la pantalla estaba abierta la web de TodoUsado.com.

Es una web que utiliza mucho mi hermano para comprar y vender ropa y videojuegos de segunda mano.

–Tienen de todo –dijo Camuñas–. Mi padre una vez compró un libro por tres euros.

–¿Qué libro? –pregunté.

–Yo qué sé, no me acuerdo –rebatió–, ¡pero por tres euros! ¡Un chollo!

–¿Y qué tiene que ver con las Rocket One originales que cayeron anoche al río? –dije.

–Pues mucho tiene que ver –contestó–. ¿No te das cuenta? En TodoUsado.com tienen de todo...

Deslizó el dedo por la pantalla.

Abrió una pestaña.

Luego otra.

Y otra más.

Y allí estaba.

Un anuncio particular de un tal Maragato que vendía unas botas Rocket One por cien euros.

–Hay más anuncios de Rocket One –explicó Camuñas–, pero este ha salido hoy y es el único que nos pilla cerca: está en Hoyo de la Sierra, a dos paradas de tren de aquí. Y además son de tu talla, me parece. Por cierto, Maragato es un nick horrible. Yo le he contestado como Súper Rocket, ese sí que mola...

–Para un momento –le pedí–. ¿Estás proponiendo que compremos unas Rocket One cualquiera y las hagamos pasar por las originales?

Negó con la cabeza.

–No, no, no –dijo–, unas cualquiera no. Las de Maragato. Mira la foto: si son igualitas... Nadie se va a dar cuenta.

A primera vista se parecían.

–Las originales estaban más viejas –dije.

–Pues las envejecemos –replicó él, que parecía entusiasmado–. Además, he regateado el precio con Maragato y he conseguido una rebaja: ¡noventa y nueve euros! ¿Qué te parece?

–Me parece que es un disparate –dije–. En cuanto las vea Fernangol, se va a dar cuenta.

–Eres un pesimista –rebatió Camuñas–. Solo las va a ver de lejos, en el campo, y además está muy mayor, seguro que no tiene bien la vista. Fíjate bien: ¡son casi idénticas!

Volví a mirar la pantalla.

Camuñas amplió la foto.

La verdad es que, si las envejecíamos, quizá podrían dar el pego.

–No sé, no sé –murmuré.

–Ya he quedado con Maragato –anunció el portero–, esta tarde a las ocho, después del entrenamiento. En la estación de tren de Hoyo de la Sierra.

–¿Ya has quedado? –pregunté–. ¿Sin contármelo?

–¡Te lo estoy contando!

–Pero tenías que habérmelo contado antes de quedar –dije–, no después.

–Encima que te ayudo a que no hagas el ridículo con Fernangol y los periodistas –contestó Camuñas–, solo pones pegas.

En ese momento llegó Tomeo y se acercó a nosotros.

–Hola, ¿qué hacéis? –preguntó.

–He encontrado las Rocket One en TodoUsado.com –contestó Camuñas enseñándole el móvil–, pero a Pakete no le gustan.

–¡Molan! –exclamó Tomeo al verlas.

–Y las he conseguido por solo noventa y nueve euros –siguió Camuñas.

–Es un chollo –asintió Tomeo–. TodoUsado.com es la bomba. Yo una vez compré tres cajas de rosquillas de chocolate caducadas por diez euros. ¿Os lo podéis creer? ¡Tres cajas enormes!

–¿Y para qué querías rosquillas de chocolate caducadas? –pregunté.

–Anda este –dijo Tomeo–, pues para comérmelas. Eso de la fecha de caducidad está sobrevalorado.

–La fecha de caducidad de los productos alimenticios es muy importante –aseguró Anita, que había entrado en clase junto a Helena–. Si no la respetas, puedes contraer muchas enfermedades.

–A lo mejor por eso me dolía tanto la tripa después de comérmelas –dijo Tomeo pensativo.

–Hombre, si te comes del tirón tres cajas de rosquillas de chocolate –dijo Camuñas–, te dolerá la tripa aunque no estén caducadas.

–¿De qué estabais hablando? –preguntó Helena.

–De rosquillas caducadas, me parece –respondió Anita.

–Qué interesante –dijo Helena sonriendo.

–Estamos hablando de algo mucho más importante –rebatió Camuñas mostrando de nuevo su móvil.

–Más importante que las rosquillas de chocolate no hay nada –advirtió Tomeo.

Por la puerta entró el resto del equipo: Angustias, Ocho, Marilyn y Toni.

Al vernos alrededor del teléfono, la capitana preguntó:

–¿Ya estáis viendo vídeos de caídas absurdas en el móvil?

–¡Me encantan! –exclamó Ocho, acercándose–. ¿Habéis visto la del tío que se pone a bailar sobre un elefante y se cae dentro de una bañera?

–Eso está amañado –dijo Toni.

–Qué va, es un vídeo auténtico –aseguró Angustias–. Y es horrible: la bañera está vacía, casi se parte la espalda.

–No estamos viendo ningún vídeo –le cortó Camuñas–. Estamos buscando la solución a nuestros problemas. Bueno, sobre todo a los problemas de Pakete.

Levantó el móvil para que pudieran verlo todos.

–Os presento las auténticas y genuinas Rocket One –anunció el portero.

–¡Toma ya! –exclamó Ocho–. ¿Son las mismas que cayeron anoche al río? ¿Dónde las has encontrado?

–En TodoUsado.com –respondió Camuñas, orgulloso.

–Se ve a la legua que son otras –dijo Toni–. Están mucho más nuevas.

–Mucho tampoco –dijo Camuñas–, solo un poco.

–¿Queréis hacer pasar esas botas por las originales de Fernangol? –preguntó Helena con hache.

–¿¡A que es una idea genial!? –exclamó Camuñas.

–Es un fraude –replicó Anita–. No podemos hacer algo así.

–Claro que podemos –insistió Camuñas–. Ya he quedado con Maragato.

–¿Quién es Maragato? –preguntó Ocho.

–¿Qué significa exactamente «fraude»? –preguntó Tomeo.

–Un engaño, una mentira –explicó Anita.

–Ah, bueno –dijo Tomeo–. Creía que era algo peor.

–¿Te parece poco? –preguntó Marilyn–. Nosotros no mentimos nunca.

–Bueno, alguna vez sí que hemos mentido –dijo Toni–, aunque haya sido por una buena causa.

–Por ejemplo, cuando nos escapamos por la noche de casa –recordó Angustias–. Conmigo no contéis más para eso.

–¿Alguien me va a decir quién es ese Maragato? –volvió a preguntar Ocho.

–Pues el que ha puesto el anuncio de las Rocket One –dijo Camuñas–. El plan está en marcha: Súper Rocket ha quedado con él a las ocho de la tarde en la estación de Hoyo de la Sierra.

–¿Súper Rocket? –preguntó Ocho desconcertado.

–Soy yo –contestó Camuñas–. ¿A que es un *nick* guay?

–No está mal –dijo Toni–. Yo, cuando juego en red, soy Zumbado 666.

–Yo, Esqueleto Viviente –aseguró Ocho.

–Yo soy Campanilla 2000 –dijo Angustias–. Lo puso mi madre y no me deja cambiarlo.

–Me parece que nos estamos desviando un poco del tema –intervine–. Si mañana llego al partido sin las Rocket One, será un desastre y pasaré a la historia como el niño que perdió las botas más famosas del mundo. Pero si damos el cambiazo y se dan cuenta...

–Quedarás como el niño que perdió las botas más famosas del mundo y además intentó engañar a Fernangol, ja, ja, ja –me interrumpió Toni.

–Nadie se va a dar cuenta –dijo Camuñas–. Merece la pena intentarlo.

–Pero ahí pone que cuestan cien euros –dijo Tomeo señalando el móvil.

–Ja, eso es lo mejor de todo –explicó Camuñas–: he regateado y las he conseguido por noventa y nueve.

–Impresionante –dijo Toni–. Creo que es el peor regateo que he visto en mi vida. En TodoUsado.com deben de estar flipando.

–Oye –dijo Camuñas–, son unas botas cotizadísimas que ya no se fabrican.

–Sigue siendo mucho dinero –dijo Ocho.

–Y un fraude –recordó Anita.

–Pues a mí me parece una idea buenísima –insistió Camuñas–. Pakete quedará genial. Nosotros asustaremos a nuestros rivales cuando vean las botas, después de lo que pasó en el último partido. Y nadie se dará cuenta.

–Bueno. Entonces, ¿qué hacemos? –preguntó Marilyn.

Todos nos miramos sin saber muy bien qué responder.

13

El tren llegó a la estación a las ocho y ocho minutos exactamente.

–¡A lo mejor se ha ido! –exclamó Camuñas, bajando del vagón a toda velocidad.

La estación de Hoyo de la Sierra estaba prácticamente vacía.

En el andén solo se veía al revisor y a un par de ancianos sentados en un banco al fondo.

Ni rastro de Maragato.

–Hemos llegado tarde –aseguró Toni.

–¿Se habrá ido por ocho minutos de retraso? –preguntó Marilyn.

–Yo creía que los trenes nunca llegaban tarde –dijo Tomeo.

–Pues claro que se retrasan –replicó Ocho.

–A lo mejor es una señal –dijo Anita–, para que no compremos esas botas falsas.

–No son falsas –rebatió Camuñas–, son exactamente iguales que las de Fernangol.

–Solo que no son las mismas –insistió Anita.

–Eso no tiene por qué saberlo nadie –dijo Camuñas.

–Lo sabemos nosotros –dijo la portera suplente–, y siempre que las miremos lo sabremos.

–Dejad de discutir –intervino Helena–. Si Maragato no aparece, no habrá nada que hacer.

–Voy a escribirle –dijo Camuñas sacando su móvil.

El tren en el que habíamos llegado se puso en marcha de nuevo y se alejó, con el revisor dentro.

Los dos ancianos se levantaron y también se fueron, apoyándose en sus bastones.

Ahora sí que aquel lugar estaba desierto.

Caminamos por el andén en dirección al edificio principal de la estación.

Después de un día muy largo, habíamos conseguido reunir el dinero, los noventa y nueve euros.

Cada uno había aportado lo que había podido.

Y habíamos acudido a la cita.

Miré a Helena con hache.

Ella tampoco parecía muy convencida de aquel plan.

Dar el cambiazo de unas botas tan importantes no era la mejor idea del mundo.

Sería mejor decir la verdad y que pasara lo que tuviera que pasar.

Fernangol pondría el grito en el cielo.

Los periodistas difundirían la noticia.

Y me grabarían tratando de explicar qué hacía a medianoche con las botas en el río.

Yo quedaría en ridículo.

Mis padres se enfadarían.

Me castigarían.

La gente me señalaría.

Y todo sería horrible...

–¡Me acaba de contestar! –exclamó Camuñas, que estaba chateando con Maragato–. ¡Dice que está en la estación!

–Pues no le veo por ninguna parte –dijo Toni.

–Dentro tampoco está –anunció Ocho, que se había asomado al interior de la estación acompañado de Anita.

Miramos a nuestro alrededor.

Ni rastro.

–¡Miauuuuuuuuuuuuuuuuuuuuuu!

¿Eh?

¿De dónde venía aquel maullido?

–¡¡¡Miauuuuuuuuuuuuuuuuuuuuuuu!!!

Levanté la vista y ahora sí pude verle.

Sobre una especie de tejadillo que había en el andén estaba sentado un chico de unos veinte años, con camiseta y gorro negros, que nos observaba.

En el regazo tenía un gato negro, que también nos miraba con sus ojos verdes.

Pero el que maullaba era el chico.

–¡¡¡Miauuuuuuuuuuuuuuuuuuuu!!! ¡Llegas tarde, Súper Rocket! –exclamó–. ¡Estaba a punto de irme! ¡Maragato no espera a nadie!

–¿Tú eres Maragato? –preguntó Camuñas señalándole.

–El mismo –respondió–. ¿Y tú eres Súper Rocket? Vaya nick tan ridículo...

–Pero bueno –se defendió Camuñas–, ¿y tú qué? Maragato... ¿porque tienes un gato? ¡Menuda cosa!

–Maragato es porque soy de una comarca de León donde nos llaman maragatos –dijo él–. Pero, claro, tú de eso no tienes ni idea.

–¿Me estás llamando ignorante? –preguntó Camuñas.

–Totalmente –contestó tranquilamente Maragato.

–Yo creía que ya nadie utilizaba esa palabra –dijo Anita–. Los maragatos son propios de los siglos XVIII y XIX. Y llevaban gorros de ala ancha, no de lana.

–La empollona y el superridículo. Buena pareja –dijo Maragato–. ¿Alguien más tiene una tontería que aportar? Vaya grupito, ¿vais siempre juntos?

–A mucha honra –dijo Marilyn–. Somos el Soto Alto.

–Y nadie se ríe de nosotros –apostilló Toni.

–Alguna vez sí que se han reído –matizó Tomeo–, pero luego se han arrepentido de hacerlo, o eso creo, tampoco estoy muy seguro. ¿Vosotros creéis que se habrán arrepentido después de burlarse de nosotros?

–Fijo –contestó Ocho–. Somos buenas personas y no nos metemos con nadie.

–A mí me da igual que se rían de nosotros –dijo Angustias en voz baja, escondido detrás de una farola del andén–. Yo ya estoy acostumbrado. Me preocupa más que se haga de noche y otra vez volvamos tarde a casa. Ayer lo pasé fatal.

–Menudo equipazo –se rio Maragato.

–¿Puedo subir al tejado? –preguntó Tomeo–. Es que mola mucho...

–No puedes, gordito –respondió él–. Este es el tejado de Maragato, nadie sabe cómo subir.

–¿Me ha llamado gordito? –preguntó Tomeo.

–Se habrá equivocado –dijo Ocho–. Tú ni caso.

Aquel encuentro no había empezado con buen pie.

–A lo que íbamos –intervino Helena–: ¿has traído las botas? No podemos quedarnos aquí toda la tarde mirando un tejado. Tenemos muchas cosas que hacer.

–Huy, qué carácter, ojitos –dijo Maragato–. ¿Quieres subir a mi tejado particular y te enseño las botas? A ti sí te invito, me has caído bien.

–No pienso subir a ningún tejado –aseguró Helena–. Me llamo Helena, no ojitos. Y si no nos enseñas las botas ahora mismo, damos media vuelta y nos vamos por donde hemos venido.

–No podemos irnos tan rápido –murmuró Tomeo–. Habrá que esperar al próximo tren.

–Es una forma de hablar –dijo Helena–. A ver, Maragato, ¿tienes las Rocket One o no las tienes? Vamos, deprisita.

–No le hables así –pidió Camuñas–, que lo mismo se enfada y se marcha.

Maragato se ajustó el gorro.

Agarró una bolsa de plástico de color negro, como todo lo que llevaba.

Y sacó las botas.

–Aquí están –dijo, sujetándolas con una mano–. ¿Habéis traído el dinero?

Camuñas se apresuró a sacar una pequeña cartera marrón de su bolsillo.

–Noventa y nueve euros –dijo.

–Lánzame la cartera –indicó Maragato.

Desde el andén, las botas parecían iguales a las de Fernangol.

Supongo que, de cerca, se notaría la diferencia.

Camuñas tomó impulso y lanzó la cartera, que cayó en el tejadillo.

El gato negro se acercó de un salto y comenzó a tocar la cartera con las patas.

Maragato se levantó, cogió la cartera y se la guardó.

–¿No vas a contarlo? –preguntó Marilyn.

–No hace falta –contestó–. Me fío de vosotros, no sois tan tontos como para intentar engañarme.

–Esto, perdón –dijo Camuñas–. ¿La cartera también te la vas a quedar?

–Creo que sí –respondió Maragato–. Es más, estoy pensando que, antes de daros las botas, quiero algo más.

–Pero el acuerdo ya estaba cerrado –protestó Ocho–: las Rocket One por noventa y nueve euros.

–En TodoUsado.com no les va a gustar que cambies un trato –advirtió Tomeo–. Son muy serios para sus cosas.

–Me arriesgaré –dijo Maragato–. Si queréis las Rocket One, tenéis que darme... vuestras zapatillas.

–¿¡Qué!? –exclamó Toni.

–¿A qué zapatillas te refieres exactamente? –preguntó Ocho.

–A las que lleváis puestas –contestó–. Los nueve pares de zapatillas.

–Yo no puedo ir descalzo –dijo Angustias sin asomarse. Seguía agazapado detrás de la farola–. Llevo plantillas para los pies planos, y además me puedo clavar algo...

–¿Para qué quieres nuestras zapatillas? –pregunté.

–Eso es cosa mía –dijo Maragato–. En realidad, no las quiero para nada, solo lo hago por fastidiar. Si no me las tiráis aquí arriba, no os daré las botas.

–Abusón –dijo Ocho.

–Tramposo –dijo Anita.

–Huy, qué insultos –dijo Maragato riendo–. Me han dolido mucho, no sé si podré soportarlo, ja, ja, ja.

–¡Aguabotas! –exclamó Tomeo señalándole–. Eso es lo que eres: ¡un aguabotas!

Maragato le miró con los ojos muy abiertos y dijo:

–De verdad, tenéis que mejorar con los insultos. Así no vais a ninguna parte.

–Ya está bien –intervino Camuñas–. Teníamos un acuerdo: danos las botas.

Viendo que Maragato no reaccionaba, el portero añadió:

–Y devuélveme la cartera, que es de mi padre, por favor.

–Os lo voy a explicar por última vez –dijo Maragato–. Si queréis las Rocket One, entregadme vuestras zapatillas. Tres... dos... uno...

–¡Vale, vale! –dije–. ¡Aquí las tienes!

Me quité las zapatillas y las lancé al tejado.

Mis compañeros me miraron.

–Los nueve –insistió Maragato.

Helena también se quitó sus zapatillas y las tiró sobre el tejado.

El resto la imitaron.

Incluso Angustias se las quitó y las lanzó desde su escondite tras la farola.

–El suelo está lleno de cosas muy peligrosas, ayyyyyyyyyy... –se lamentó.

Maragato parecía satisfecho.

Recogió nuestras zapatillas.

–Espero que no siga pidiendo cosas –murmuró Tomeo.

–Shhhhhhh... Calla, no le des ideas –pidió Marilyn.

–El gordito tiene razón –dijo Maragato–: podría pediros cualquier cosa. Pero no lo voy a hacer. Maragato siempre cumple su palabra.

–Hombre, tanto como cumplir... –dijo Camuñas.

–Déjale, no sabe muy bien lo que dice –intervino Tomeo–. Me ha vuelto a llamar gordito, está completamente perdido el pobre.

A continuación, Maragato hizo algo que no esperábamos.

Nos lanzó las Rocket One.

Y...

¡La cartera de Camuñas, con el dinero dentro!

–No quiero vuestro dinero –sentenció–. Maragato es un alma libre, no le interesan las cosas materiales. Adiós, hasta nunca. ¡¡¡Miaaaaaaaaaaaaaaauuuuuuuuuuuu!!!

Y desapareció por el tejado, seguido de su gato.

Nosotros nos quedamos allí, completamente desconcertados.

–Nos ha devuelto el dinero –dijo Camuñas abriendo la cartera.

–Pero se ha llevado las zapatillas –se lamentó Angustias, incorporándose al fin–. Ayyyyy... He pisado un cristal, llevadme a urgencias, estoy herido...

–Has pisado un trozo de pan que había en el suelo –dijo Marilyn–. No te pasa nada.

–Menos mal –dijo Angustias mirando su pie–. Qué susto.

–Hay que ver qué tío tan raro –dijo Ocho.

–Desde luego, hay gente para todo –añadió Tomeo–. Mira que tirar al suelo un pedazo de pan. La gente no sé en qué está pensando... A este paso, cualquier día veremos una rosquilla por ahí tirada, no quiero ni imaginármelo...

Agarré con cuidado las Rocket One y las miré atentamente.

Estaban viejas, aunque no tanto como las originales.

–¿Tú crees que darán el pego? –preguntó Helena con hache.

–No tengo ni idea –contesté–. Mañana, en el partido, lo veremos.

14

–¿Quiénes somos?

–¡Fútbol Club Valdemar!

–¿Qué hacemos?

–¡Vamos juntos a ganar!

Lo repitieron todos a coro:

> ¡¡¡Fútbol Club Valdemar,
> vamos juntos a ganar!!!

Con sus equipaciones verdes, los jugadores del Valdemar saltaron al terreno de juego.

Parecían muy motivados, a pesar de que no se jugaban nada. En la clasificación estaban en mitad de la tabla y, por tanto, en estos dos últimos partidos no podían ganar la Liga ni tampoco descender.

Aun así, en las gradas había muchos espectadores.

Algunos padres y madres, compañeros del colegio y otros vecinos del lugar.

Por supuesto, allí estaban los periodistas grabando y haciendo fotos.

En el palco, Fernangol hablaba en esos momentos con Raquel Niebla, la presidenta de la Liga Intercentros. Detrás de ella, su inseparable secretario con las enormes gafas de sol. Y muy cerca, el alcalde, Gustavo Ferrada, con Ulises, que olisqueaba a todos los presentes.

A su lado se arremolinaban algunos curiosos, que tal vez querían salir en el documental.

También habían venido mis padres y más gente del pueblo.

Incluso había venido Radu con sus hermanos Aisha, Vasile y Pol.

–¡Los cuatro hermanos Petrescu animar Soto Alto! –exclamó el bedel muy contento.

Felipe y Alicia se pusieron delante de nosotros.

–Es una oportunidad histórica –dijo Felipe–. Si hoy ganamos, nos basta con empatar el último partido con el Barranquilla para ser campeones de Liga por primera vez.

–Claro que, si hoy perdemos –dijo Alicia–, cosa que no va a ocurrir, necesitaríamos ganar al Barranquilla para proclamarnos campeones. Y ya sabemos que el Barranquilla saldrá a muerte en el último partido.

–Resumiendo –añadió Felipe–: ¡que vamos a ganar!

–Ya veo que traes las Rocket One –dijo Alicia mirándome–. A ver si metes hoy otros tres golitos, je, je...

–Lo voy a intentar –respondí muy nervioso–. Pero vamos, que lo importante es el equipo.

–Por supuesto –dijo Felipe–. El fútbol, ante todo, es un juego de equipo, ejem... ¡Pero hoy todos a pasarle el balón a Pakete! ¡Y tú, a hincharte a meter goles con las botas, como el otro día!

Menuda presión.

Lo único bueno era que los entrenadores no se habían dado cuenta del cambiazo. Se habían tragado que esas botas eran las originales.

Habíamos estado toda la mañana envejeciéndolas: pisándolas, metiéndolas en el barro, frotando una piedra...

No sé si nos habíamos pasado.

El árbitro, un chico muy delgado y bajito, hizo una señal con la mano para que nos acercásemos. Íbamos a comenzar el partido.

El terreno de juego estaba hecho una pena: había pequeños agujeros y charcos repartidos por el césped.

Era muy difícil hacer pases cortos y rasos en esas condiciones.

Tendríamos que adaptarnos.

Entonces me di cuenta de que en la banda estaban los Trapote.

Esta vez no arbitraba Armando Trapote, pero tanto él como su familia estaban allí.

El comando Trapote al completo: Armando, el abuelo, el padre, la madre y la novia.

Los cinco vestidos de negro y amarillo.

Habían traído otra pancarta enorme:

CADA VEZ QUE INSULTAS A UN ÁRBITRO, EN REALIDAD TE INSULTAS A TI MISMO

Por lo visto, últimamente los Trapote acudían a muchos partidos.

Recorrían la sierra animando a los árbitros.

Haciendo campaña contra la violencia en el fútbol.

–Da igual que hoy no le toque arbitrar a mi nieto –dijo el abuelo a un periodista que se acercó a preguntarle–. Nosotros vamos a los partidos para apoyar a los más indefensos en el fútbol: los árbitros.

–Nos gusta ir a los campos con más riesgo de violencia –añadió el propio Armando Trapote.

Dos padres del Valdemar, que le escucharon desde la grada, se encararon con él.

–¿Estás diciendo que en Valdemar tratamos mal a los árbitros? –preguntó uno.

–¡Serás sinvergüenza! –dijo el otro–. ¡Aquí practicamos el juego limpio, a ver si te enteras, alcornoque! ¡Mejores árbitros, eso es lo que hace falta, y no tanta mandanga!

Trapote no se molestó en contestarles.

Todo estaba listo para comenzar.

Fernangol tomó asiento tranquilamente.

Había tenido tiempo de sobra para fijarse en mis botas.

Y por ahora no había dicho nada.

Resoplé.

El árbitro señaló el comienzo del partido.

–¡Piiiiiiiiiiiiiiiiiiiiiiiiiiiiiiiii!

Helena sacó de centro para Toni.

Él retrocedió para Marilyn.

La capitana dio un pase en largo hacia el campo rival.

El balón voló muy alto.

Toni, Helena y yo mismo corrimos a la frontal del área.

El defensa central y el portero del Valdemar saltaron a por el balón.

–¡Míaaaaaaaaaaaaaa! –gritó el portero, saliendo con los puños por delante.

Pero el defensa no le debió de escuchar.

Porque, sin darse cuenta, arrolló a su propio portero.

Ambos chocaron y se fueron al suelo.

El balón cayó sin que nadie lo despejara.

Helena le dio de cabeza hacia mi posición.

Yo lo controlé con la pierna derecha y entre al área sin oposición.

Estaba solo delante de la portería.

No había defensas.

Ni portero.

Solo tenía que empujarla.

Y metería un gol en los primeros segundos, igual que en el anterior partido.

Escuché gritos y un murmullo en la grada.

De reojo vi a la capitana del Valdemar, la número 10, que corría como una bala hacia mí.

Sin perder tiempo, chuté con el interior del pie.

El balón fue directo hacia la portería.

Cuando ya parecía que iba a entrar...

¡Chocó contra el poste!

CATACLONC

¡¡¡Y salió fuera!!!

Me quedé paralizado.

Miré las Rocket One en mis pies.

–¿Pero cómo has podido fallar, espabilado? –preguntó Toni–. ¡Estabas solo!

–Esas cosas pasan –dijo Helena intentando defenderme.

Yo no podía reaccionar.

Solo me venía una cosa a la cabeza.

Si hubieran sido las auténticas Rocket One, no habría fallado ese gol.

Esto me pasaba por ser un farsante.

Todo el mundo en la grada murmuraba y me señalaba.

Ulises pegó un par de ladridos desde el palco. Ni siquiera el perro del alcalde se lo podía creer.

–¡Vamos, vamos, equipo, no pasa nada! –gritó Alicia desde el banquillo.

–Vaya churro, madre mía –dijo Felipe.

El portero agarró el balón y se dispuso a sacar de portería.

Al mismo tiempo, el grupo de padres del Valdemar se puso en pie.

–¡Árbitro, cegato, la jugada ha sido en fuera de juego! –gritó uno.

–¡Otro que viene a robarnos a nuestra casa! –gritó otro.

–¡Espabila, árbitro, o te espabilamos! –añadió un tercero.

Los Trapote se giraron de inmediato hacia los padres y les mostraron la pancarta en silencio, sin decirles nada.

CADA VEZ QUE INSULTAS A UN ÁRBITRO,
EN REALIDAD TE INSULTAS A TI MISMO

–¿Vosotros quiénes sois? –preguntó uno de los padres.

–¡Otros listillos que han venido a darnos lecciones!

–¡Apartad la pancarta, que no nos dejáis ver!

Sin embargo, los Trapote no se movieron ni se dejaron intimidar.

Al contrario, levantaron la pancarta aún más.

El portero del Valdemar puso el balón en juego y el partido continuó.

Miré a Fernangol. Todo el tiempo me daba la impresión de que se iba a dar cuenta de que las torpedo que llevaba puestas no eran las suyas.

Sobre todo, después de fallar ese primer gol.

Pero él seguía sentado en el palco, sin inmutarse.

El encuentro continuó con pocas oportunidades en ninguna de las dos porterías.

Ellos casi no intentaban dar pases.

Corrían a toda velocidad y taponaban nuestras jugadas.

La mayor parte del tiempo, el balón estaba en el centro del campo.

Toni le robó un balón a la capitana y salió disparado.

–¡Falta, árbitro! –protestó uno de los padres del Valdemar.

–¡Empujón de libro!

–¡Ladrón, árbitro!

Parecían muy exaltados.

Si los Trapote no hubieran estado allí, a lo mejor se habría liado más gorda. Aunque no lo reconocieran, su presencia los intimidaba. Eran muy raros, pero me caían genial los Trapote, la verdad.

Toni siguió corriendo, regateó al lateral del Valdemar y entró en el área.

Era un jugadón.

Yo llegué por el otro extremo.

El defensa central salió a taparle.

Sin pensarlo, Toni me pasó el balón.

Raso, perfecto para rematar.

–¡Esta vez no falles! –me gritó.

El balón llegó a mi posición.

Armé la pierna derecha.

Únicamente tenía delante al portero, que movía los brazos para intentar despistarme.

Me concentré.

Visualicé el balón entrando por la escuadra.

¡Y rematé con el empeine!

¡Con todas mis fuerzas!

El balón salió volando...

¡Y pasó por encima de la portería!

Pufffffffffff...

Qué desastre de remate.

Los padres rivales empezaron a reírse.

–¡Pasadle todas al 7! ¡Menudo Pakete, ja, ja, ja, ja, ja!

Mi madre, desde el otro lado de la grada, exclamó:

–Vamos, cariño, le puede pasar a cualquiera... ¡Pero intenta afinar, que llevas dos cantazos!

–Juana, por favor, no empieces a presionar al niño –le pidió mi padre.

Toni no me dijo nada, pero negó con la cabeza, como si yo fuera un inútil.

Era un partido clave y yo había fallado dos goles clarísimos.

La cosa no acabó ahí.

Antes del descanso, volví a tener otras tres oportunidades.

¡¡¡Tres!!!

Una dentro del área, tras una pared con Helena.

Otra en la frontal, después de un contraataque.

Y otra más, yo solo a dos metros de la portería.

Y las tres...

¡Las fallé!

Aquello no era normal.

Las Rocket One se habían vuelto contra mí.

En ese instante me vino un pensamiento: mientras llevara puestas las botas falsas, jamás metería ningún gol.

Era una idea absurda, pero no me la podía quitar de la cabeza.

El árbitro pitó el final de la primera parte.

Al menos seguíamos empate a cero.

–Pakete jugar muy bien –me dijo Radu cuando pasé a su lado.

–Jugadas muy buenas –dijo su hermana Aisha–, remates muy malos.

–Ya, ya –murmuré.

Y me fui al vestuario.

Estaba decidido a quitarme esas botas y no ponérmelas nunca más.

15

–Pero si te quitas las botas, se dará cuenta –aseguró Marilyn.

–Tiene razón –dijo Helena–. Sería muy sospechoso.

Estábamos dentro del vestuario y me había quitado las Rocket One.

–No pienso jugar con ellas –dije–. Traen mala suerte.

–Eso es una superstición sin ninguna base científica –rebatió Anita.

–Pues que se las ponga otro –insistí–. El lunes, todos queríais.

–Queríamos porque eran las torpedo originales –dijo Tomeo.

–Pero estas no molan –reconoció Ocho.

–¡Si decíais que eran iguales! –protesté.

–Lo decíamos por animarte –dijo Toni–, pero está claro que no lo son, salta a la vista.

–No digas eso, Toni, que se agobia –pidió Helena–. Son prácticamente idénticas. Y nadie se ha dado cuenta.

–Yo sí me he dado cuenta –dijo Angustias.

–Tú ya lo sabías –le recordó Helena.

–Ah, eso sí, perdón –se disculpó el lateral.

Dejé las Rocket One sobre el banco de madera y me alejé hacia mi bolsa de deportes, dispuesto a sacar mis botas de siempre.

–Me da lo mismo –solté–. No me las voy a poner nunca más.

–En TodoUsado.com no se pueden devolver los productos –recordó Camuñas.

–Lo pone en la página principal de la web –aseguró Tomeo–: «Intercambio entre particulares. No devoluciones. No reclamaciones».

–Lo que no entiendo es qué gana TodoUsado.com –dijo Ocho–, si el dinero se paga entre particulares...

–La publicidad de la página –explicó Anita–. Y además, si quieres poner tu anuncio destacado, también tienes que pagar.

–¿Siempre lo sabes todo, empollona? –preguntó Camuñas.

–Creo que sí –respondió Anita, pensativa.

–Bueno, al fin y al cabo, Maragato nos devolvió el dinero –dijo Tomeo.

–¡Pero se quedó nuestras zapatillas! –exclamó Angustias temblando–. Fue horrible, qué momento. No me lo recordéis, por favor os lo pido.

–Ya pasó, ya pasó –trató de consolarle Marilyn.

–Haced con las Rocket One lo que queráis –dije abriendo mi bolsa–. Yo me voy a poner mis botas.

–Pero entonces... –dijo Helena con hache–, ¿qué le vas a decir a Fernangol? ¿Y a todos los demás? Tendrás que dar una explicación.

–No lo sé –repliqué–. Contaré la verdad: que fuimos al río y que perdimos las botas. Es lo que tendría que haber hecho desde el principio.

–Ni se te ocurra meternos en tus líos –advirtió Toni–. No puedes delatarnos. Si mi padre se entera de que me escapé de casa en mitad de la noche, me castigará un año sin salir y sin *Play* y sin nada.

–En eso tiene razón –dijo Ocho–: no puedes chivarte.

–Diré que fui yo solo al río, con las botas, a medianoche –aseguré.

–¿¡Serías capaz de ir tu solo por el bosque en plena noche!? –preguntó Angustias–. ¡Qué valiente!

–No se lo va a creer nadie –dijo Camuñas.

–Ya te digo –aseguró Tomeo.

–Si cuentas eso, te harán más preguntas –dijo Marilyn.

–Y al final terminarás hablando de los jugadores del Barranquilla –añadió Toni–. ¡Y también de nosotros! ¡No puedes delatarnos, te lo digo muy en serio!

–Que no me voy a chivar –me defendí.

–Si dices que fuiste tú solo –insistió Toni–, al final lo harás.

–Entonces, ¿no puedo contar la verdad? –pregunté desconcertado.

–Pues claro que no –respondió Camuñas–. Haberlo pensado antes. Hemos sacrificado mucho: nuestras zapatillas, el viaje a Hoyo de la Sierra, el encontronazo con los del Barranquilla... Y todo ha sido por ayudarte.

–¿Qué queréis que haga? –dije.

–Que te dejes de superticiones, te pongas las Rocket One y salgas ahí afuera a jugar –propuso Tomeo.

–Se dice «supersticiones» –le corrigió Anita–, con ese intercalada.

–Pues eso, como se diga...

En ese momento, se abrió la puerta del vestuario y entraron Felipe y Alicia.

–¿Estáis preparados para la segunda parte? –preguntó Felipe.

–¿¡Pero qué haces descalzo, Pakete!? –exclamó Alicia.

–Pues... –empecé a decir–, es que las Rocket One... A ver cómo lo explico...

–Que las Rocket One le aprietan un poco –me interrumpió Toni.

–Exacto –dijo Marilyn–. Normal, están muy viejas.

–Y por eso se las ha quitado un momentito –añadió Helena–. Pero vamos, ahora mismo se las pone otra vez y asunto arreglado.

–Pues date prisa –reclamó la entrenadora–, que en el segundo tiempo nos jugamos mucho.

–La buena noticia es que vamos empatados a cero –recordó Felipe–. Con un gol nos basta para ganar.

–La mala es que hoy estamos un poco fallones de cara a la portería –dijo Alicia–, sobre todo Pakete. ¿Necesitas algo?

–No, no –respondí–, estoy bien.

–Todo el mundo puede cometer fallos –dijo Alicia, un poco tensa–, no pasa nada. Seguro que ahora, en la segunda parte, enchufas un golazo. O mejor, un par.

–Lo intentaré –dije–, y si no soy yo, pues otro. Toni, que es el máximo goleador del equipo, o Helena, que es buenísima...

–Eso sí –me interrumpió la entrenadora–, pero vamos, que todos, y cuando digo todos me refiero a todo el pueblo, a tus

entrenadores y a tus compañeros, a tu familia y amigos, a esos periodistas, incluso al propio Fernangol, todos esperamos que te luzcas con las botas, como el otro día.

Era demasiado, todos pendientes de mí.

¡Había llegado el momento de confesar!

Sentí un nudo en el estómago, no quería seguir con aquella farsa: ¡no eran las auténticas Rocket One!

Abrí la boca y dije:

–Es que las cosas no son lo que parecen a primera vista.

–¿Ah, no? –preguntó Alicia.

–¿A qué te refieres? –preguntó Felipe.

–Me refiero a estas botas –contesté, mostrando las Rocket One en mi mano.

–¿Qué les pasa? –dijo Alicia sin comprender.

Todos mis compañeros me miraron fijamente.

De lo que dijera en ese momento dependía todo.

¿Debía contar que las habíamos sacado de TodoUsado.com?

¿O ponérmelas de nuevo y salir al campo a intentar marcar un gol?

–Di, Pakete –intervino ahora Felipe–. ¿Qué les sucede a las botas? Estás muy raro. Por no hablar de los goles cantados que has fallado en el campo. Eso sí que ha sido fuerte, no creo que pueda olvidarlo...

–Vale –dije al fin–. Lo que les pasa a las botas... lo que les ocurre a estas botas...

Mis compañeros de equipo me observaban con los ojos muy abiertos.

–¡Dilo de una vez! –pidió Angustias–. ¡Me estás poniendo de los nervios!

–Esta bien –dije–. Lo que les pasa a estas botas es que no pueden hacer milagros porque... ¡porque el fútbol es un juego de personas, no de botas o zapatillas!

–¿Eh? ¿Qué quieres decir? –preguntó Alicia.

–¡Que no me podéis echar la culpa a mí de fallar los goles! –exploté–. ¡Ni a las Rocket One tampoco! ¡Ya estoy harto! ¡Son cosas que pasan! ¡El otro día metí tres golazos y hoy, de momento, ninguno! ¡El fútbol es así!

Y salí descalzo hacia el pasillo, en dirección al campo.

Con las Rocket One en la mano.

–¡Ahora me pondré las botas en el campo, no os preocupéis! –dije–. ¡Y, por supuesto, mis compañeros y yo intentaremos ganar el partido y la Liga, pero sin agobios!

Los entrenadores se quedaron con la boca abierta.

–¡Así se habla! –dijo Helena, siguiéndome–. Los mayores siempre metéis demasiada presión.

–¡Muy bien dicho, Pakete! –exclamó Anita–. ¡Estamos contigo!

–Qué pico de oro –dijo Camuñas.

–Recordad nuestro lema –añadió Ocho–: «¡Querer ganar, saber perder!».

–Yo creía que era el otro –replicó Tomeo–: «¡Aquí está el Soto Alto, invencibles como el cobalto!».

Salimos los nueve en dirección al terreno de juego, más dispuestos que nunca a jugar unidos en la segunda parte.

Me calcé las Rocket One y pensé: «Después de todo, solo son unas botas viejas, ¡qué más da unas que otras!».

–Gracias por no delatarnos –murmuró Helena con hache.

–Jamás lo haría –respondí.

Detrás de nosotros, salieron nuestros entrenadores.

–¿Tú crees que les metemos mucha presión? –preguntó Alicia, preocupada, mirándonos desde la banda.

–Mujer, a veces eres un poco dura –contestó Felipe.

–¿¡Yo!? –dijo ella–. Pero si eres tú el que hace un momento le has dicho que había fallado goles cantados.

–Bueno, sí –se defendió el entrenador–, pero yo lo he dicho con cariño.

–Mira, yo no estoy a favor de la competitividad –dijo Alicia muy seria–. Prefiero que perdamos el partido, y la Liga, y todo, antes que hacer sentir mal a los chicos. Lo importante es disfrutar y aprender a jugar en equipo.

–Tampoco hay que exagerar –musitó Felipe–. No hace falta que perdamos. Si ganamos también podemos disfrutar, digo yo.

–No estoy tan segura –dijo Alicia.

Miré hacia el palco: Fernangol ya no estaba allí. Ni tampoco los periodistas.

Otra vez habían desaparecido. A lo mejor se habían aburrido. La verdad es que el partido no era muy bueno.

En nuestro equipo se hizo un cambio: Anita por Camuñas. Los entrenadores querían dar minutos a todos los jugadores.

El árbitro hizo sonar el silbato.

¡Y comenzó el segundo tiempo!

16

Minuto 7 de la segunda parte.

¡Mi minuto favorito!

Y no solo porque yo lleve el 7 en la camiseta.

Es que siempre me ha dado suerte.

Anita sacó de portería con ambas manos.

El balón llegó a Tomeo, que se lo quitó de encima a la primera pasando a Angustias.

El lateral avanzó un par de metros y enseguida cruzó a la otra banda, hacia Marilyn.

Ella controló y pegó un zapatazo hacia Toni.

Toni le dio de cabeza hacia la posición de Helena con hache.

Sin detenerse, Helena empujó el balón y se internó en el área rival.

Dribló al último defensa.

El portero salió con los brazos y las piernas estirados a por ella.

Helena me miró de reojo y dio al balón con el exterior del pie.

Un toque suave y preciso.

La pelota cruzó hasta el punto de penalti.

Allí llegué yo.

Solo.

Con la portería vacía.

Únicamente tenía que darle al balón.

¡Esta vez sí que era imposible fallar!

Todo el mundo en la grada se puso en pie.

Los aficionados.

La presidenta de la Liga.

El alcalde.

Incluso Ulises.

Todos contuvieron la respiración.

Había sido un jugadón de todo el equipo.

Y un pase genial de Helena.

Solo faltaba el remate final.

Golpeé el balón con el pie derecho.

Al hacerlo, noté que algo no iba bien.

Había un agujero en el césped justo en medio del área.

¡Había metido el pie izquierdo dentro mientras remataba!

Perdí el equilibrio.

Y no le di bien al balón.

Caí al suelo.

Desde allí pude ver el balón dando botes.

Completamente desviado.

Hasta que...

¡Salió por la línea de fondo!

–¡Nooooooooooooooooooooooooo! –exclamé.

En la grada se oyó un suspiro de decepción.

Había sido un fallo increíble.

Morrocotudo.

Posiblemente, el mayor error en todos los partidos que había jugado hasta la fecha.

Entre risas, los aficionados del Valdemar aplaudieron.

Y gritaron:

–¡¡¡Paketeeeeeeeeeeeee!!! ¡¡¡Paketeeeeeeeeeeeee!!!

Helena se acercó y me dio la mano para ayudarme a levantar.

–Lo siento –murmuré.

–No hay nada que sentir –dijo ella–. Le puede pasar a cualquiera. Ha sido culpa del campo.

Los dos sabíamos que no era cierto.

Fallar un gol así no pasa nunca.

O casi nunca.

Toni me miró muy serio y apartó la vista.

Igual que el resto de mis compañeros.

En la grada, los vecinos de Valdemar parecían encantados.

Coreaban mi nombre con tono burlón:

–¡Paketeeeeeeeeeeee! ¡Paketeeeeeeeeeeee! ¡Paketeeeeeeeeeee!

Y más risas.

Mi madre se encaró con algunos aficionados.

–¡No os riais del niño, que el pobre sufre! –exclamó.

Lo cual fue mucho peor.

–Huyyyyyyyyyyy... Pobrecito el niño, ja, ja, ja, ja –respondió uno del Valdemar.

–Si no nos metemos con él –aseguró otro–. Al contrario: nos encanta que sea tan malo, ja, ja, ja...

Y venga a reírse y a gritar:

–¡Paketeeeeeeeeeeeeeeeeeeeeeeeeeeee!

Mi padre intentó calmar a mi madre.

–Tranquila, Juana, que no es para tanto –le dijo.

–Pero si todo el campo se está riendo del niño –protestó ella.

–Bueno, eso no es así –dijo mi padre–, todo el campo tampoco; por ejemplo, tú y yo no nos reímos.

Menudo desastre.

Definitivamente, aquello no era normal.

Por mucho que no quisiera pensarlo, las falsas Rocket One me estaban trayendo mala suerte.

Ya no sabía qué hacer.

No tenía sentido quitármelas allí en medio.

Me dirigí al banquillo y exclamé:

–¡Cambio!

Alicia, extrañada, me preguntó:

–¿Te pasa algo?

–Me he hecho daño en el tobillo al caer –improvisé mientras caminaba cojeando ligeramente.

–¡Árbitro, cambio! –pidió Felipe de inmediato.

En mi lugar entró Ocho.

Y el partido se reanudó.

Me senté en el banquillo.

En realidad no me dolía el tobillo, era una excusa como otra cualquiera. Prefería un millón de veces no jugar que seguir fallando de esa manera.

Camuñas se acercó a mí.

–¿Has fallado a propósito? –me preguntó.

–¿Cómo voy a hacer eso? –repliqué atónito.

–Yo qué sé –dijo él–. Es que parecía imposible que no lo metieras: la portería vacía, tú solo para rematar... Nunca había visto algo igual...

–Que ya, que ya –le corté.

Me levanté y me fui hacia el vestuario, agotado.

No quería saber nada más.

Estaba claro que, después de ese partido, me seguirían llamando Pakete el resto de mi vida.

Antes de entrar al pasillo que daba al vestuario, vi a la familia Trapote detrás de las gradas.

Otros que se habían cansado del partido y se iban.

Hablaban entre ellos.

Solo oí unas pocas frases:

–Es el momento –dijo Armando Trapote–. Ahora o nunca.

–Pero es muy arriesgado –protestó el abuelo.

–Para eso hemos venido –zanjó la novia de Armando.

Después se miraron y los cinco subieron a una furgoneta blanca y se alejaron de allí.

No sé qué estarían tramando, pero me daba exactamente igual, no era asunto mío.

También vi al chófer de Raquel Niebla. Estaba dentro del coche, al volante, esperando.

Sin más, caminé hacia el túnel.

Escuché gritos y me giré hacia el terreno de juego.

En ese momento, la número 10 del Valdemar, la capitana del equipo, se internó en nuestra área con el balón controlado.

Tomeo intentó cubrirla, pero ella era más rápida.

Se escoró a la derecha.

Y pegó un tremendo chut con muchísima fuerza.

Anita se lanzó para intentar despejar.

Pero no llegó.

El balón entró en la portería y golpeó la red.

Los gritos de celebración se oyeron por todo el campo:

–¡Goooooooooooooooooooooooool!

–¡Golazooooooooooooo!

¡¡¡Fútbol Club Valdemar,
vamos juntos a ganar!!!

El tanto subió al marcador:

Valdemar, 1; Soto Alto, 0.

Me di la vuelta y, ahora sí, entré al vestuario.

17

En el trayecto de vuelta, mis padres pusieron música en el coche.

No parecían tener muchas ganas de hablar.

La verdad es que yo tampoco.

Pegué el rostro al cristal de la ventanilla.

Se había hecho de noche.

Íbamos por la carretera en dirección a Sevilla la Chica.

Las luces del pueblo se podían divisar a lo lejos.

Normalmente me gusta ir en el coche patrulla de mi padre.

Me hace sentir diferente, no sé explicarlo.

Pero aquel día no estaba de humor.

Solo podía pensar en las botas y en los goles que había fallado.

Quería llegar a casa y encerrarme en mi habitación.

Después de un rato, mi padre bajó la radio.

Y preguntó:

–¿Es que vamos a ir callados todo el camino?

–Hay veces que es mejor no decir nada –contestó mi madre.

–A ver –siguió él–. Podía haber sido mucho peor. Solo hemos perdido por un gol.

–Eso es lo de menos. No me quito de la cabeza a toda esa gente riéndose de Francisco –recordó mi madre–, el campo entero gritando «Paketeeeeeeeee». No había visto un espectáculo semejante, qué vergüenza. ¿Tú estás bien, cariño?

–Fenomenal –respondí desde la parte de atrás.

–No dejes que te afecten estas cosas –dijo mi madre–. Da lo mismo que hayas hecho el ridículo, nosotros te queremos igual.

–Muchas gracias –dije.

–El otro día metiste tres goles –dijo mi padre–, y hoy ninguno. Eso es lo de menos; lo importante es jugar con tus amigos y pasarlo bien.

–Hombre, Emilio, lo de menos tampoco –matizó mi madre–. Una cosa es no meter ningún gol, y otra muy distinta fallar a puerta vacía... ¡dos veces!

–No se lo recuerdes al niño –pidió mi padre–, que le puede afectar a su autoestima.

–¡Pero si eres tú el que ha bajado la música y ha empezado! –exclamó mi madre.

–Yo quería apoyar a Francisco, que falta le hace –dijo él–, y no ir callados como si viniéramos de un funeral.

–Anda, y yo también quiero apoyar al niño –aseguró mi madre–. Pero ocultando la verdad no le hacemos ningún favor. Hoy ha sido un desastre y ya está. El sábado te vas a poner otra vez las botas esas y volverás a marcar, ¿verdad, cariño?

Lo último que me apetecía en esos momentos era pensar en el partido del sábado.

Y mucho menos en ponerme otra vez las Rocket One falsas.

–Di, Francisco –insistió mi madre–: ¿a que este sábado vamos a ganar la Liga y tú vas a marcar?

–Lo intentaré –contesté, poco convencido.

–Oye, con más ánimo –dijo mi madre–, que así no vamos a ninguna parte.

–Me parece que voy a subir la radio otra vez –avisó mi padre.

–De eso nada –dijo mi madre–. Somos una familia para lo bueno y para lo malo. En días tan negros como hoy es cuando los García Casas demuestran de qué están hechos.

–¿Y de qué estamos hechos? –pregunté.

–Pues... de... o sea... –contestó mi madre–, de optimismo y de... energía positiva... y también de... ¡Eso! ¡De cobalto! ¡Como el lema del equipo! ¡Aquí están los García Casas, invencibles como el cobalto!

–No rima –murmuró mi padre.

–Y no vamos de azul como el equipo –aseguré yo.

–Siempre poniéndole pegas a todo, qué cruz –se lamentó mi madre–. Lo importante es el concepto: somos duros, invencibles, y no hay quien pueda con nosotros.

–Sí, sí, pero no rima –repitió mi padre.

–¡Pamplinas! –exclamó mi madre.

Y ella misma subió la música.

Cuando mi madre decía «pamplinas» significaba una cosa: que se acabó la discusión.

Fuimos escuchando la radio hasta que llegamos a una urbanización a la entrada del pueblo, donde recogimos a mi hermano, que por lo visto había estado estudiando en casa de un amigo.

–¡Ya me he enterado, enano! –dijo Víctor nada más subir al coche–. ¡Habéis perdido contra esos inútiles del Valdemar! ¡Y ade-

más has fallado como en tus mejores tiempos! ¡El retorno de Pakete, ja, ja, ja, ja, ja!

Por lo visto, las noticias del partido habían volado.

–Víctor, no hables así a tu hermano –le ordenó mi madre–, y ponte el cinturón de seguridad.

–Además, que no ha fallado tanto –aseguró mi padre–, como mucho, cinco o seis goles... o siete, que he perdido la cuenta.

Mi hermano se puso el cinturón y me dio una colleja.

–Menudo crack estás hecho –dijo.

–No me toques –advertí.

–Huyyyyyy, el señorito está de morros esta noche –se burló Víctor.

–Nada de peleas en el coche –recordó mi madre.

–Ni fuera tampoco –dijo mi padre.

–Lo importante es que este sábado vamos a ser campeones de Liga por primera vez en la historia –dijo mi madre.

–Suponiendo que ganemos al Barranquilla –musité.

–Así que prepárate, Víctor –continuó mi madre–. El sábado, todos a apoyar al Soto Alto.

–¿Tengo que ir al partido del enano? –preguntó mi hermano, como si fuera el mayor castigo del mundo.

–Pues claro: los García Casas, unidos en lo bueno y en lo malo –respondió mi madre.

–Es que tengo exámenes la semana próxima –intentó excusarse Víctor–. Luego no me digáis nada si suspendo, ya os aviso.

–Claro, porque en todo el año, el único momento que tienes para estudiar es precisamente este sábado a las doce de la mañana, ¿verdad? –preguntó mi madre.

–Pues sí, es fundamental –replicó Víctor–. El examen es el lunes a primera hora, y el fin de semana tengo que estar muy muy concentrado.

–¡Pamplinas! –zanjó mi madre–. ¡El sábado, todos a apoyar a Francisco!

Era la primera vez que oía a mi madre decir «pamplinas» dos veces casi seguidas.

Estaba claro que todos andábamos un poco nerviosos.

Creo que para ella este título de Liga era muy importante.

Mi madre siempre ha sido muy futbolera.

Y por primera vez veía que su hijo podía ganar un título importante.

Vale que habíamos ganado algunos torneos.

Pero la Liga era distinta.

Nunca habíamos estado tan cerca.

Y encima llevaba tres días orgullosa, hablando a todos de mis goles en el partido contra el Leganil.

No quería defraudarla.

Siempre me ha gustado el fútbol.

Muchísimo.

Aunque no sea tan bueno como otros.

Sin embargo, por primera vez, jugar un partido no me hacía ilusión.

Al revés: sentía una especie de presión en el pecho.

No quería volver a ponerme las botas.

Y saltar al campo para hacer el ridículo.

Pero tampoco quería explicar a todo el mundo que en realidad les había mentido y que las Rocket One originales estaban en el fondo del río.

A lo mejor podía seguir fingiendo la lesión y no jugar el sábado.

No creo que colase: mi tobillo estaba perfectamente, no estaba hinchado ni nada.

–Hala, ya hemos llegado –anunció mi padre aparcando el coche delante de nuestra casa.

–¿Qué hay de cenar? –preguntó Víctor.

–He dejado lasaña hecha en la nevera antes de salir –respondió mi padre.

–No podemos cenar pasta todos los días, Emilio –dijo mi madre saliendo del coche.

–A mí me encanta la pasta –aseguró mi hermano.

–Hay que alimentarse bien –dijo mi madre–. Los niños están en edad de crecer.

Mi madre sacó las llaves y abrió las puertas de casa.

–A partir de mañana, verduras para cenar –anunció mientras hacía girar la llave.

–Con un toquecito particular –dijo mi padre guiñándonos un ojo–: verduras salteadas con jamón y tortellini rellenos...

–¡Aaaaaaaaaaaaaaaaaaaaaah! –gritó mi madre al encender la luz de casa.

–Tampoco te pongas así, Juana –pidió mi padre–, que los tortellini van rellenos de espinacas.

Mi madre estaba en el recibidor, completamente pálida.

Señaló hacia el interior y exclamó:

–¡¡¡Han entrado a robar!!!

18

Todo estaba patas arriba.

El sofá.

La estantería.

La mesa y las sillas.

La casa entera.

No había ni rastro de la televisión.

También faltaban electrodomésticos y objetos de decoración.

–¡Se han llevado la *Play*! –dijo mi hermano, bajando las escaleras desesperado.

–¡Robar en casa del policía del pueblo! –exclamó mi madre–. ¡Esto es lo último!

–Los ladrones sabían que estaríamos en el partido –dije yo.

–La Termodix tampoco está, ni mi juego de ollas nuevecito –anunció mi padre desde la cocina–. Esta vez se han pasado.

–¿Es que nadie me ha oído? –insistió Víctor–. Me han robado la *Play* y los videojuegos y mi silla giratoria 360 grados.

–¿Tienes una silla giratoria 360 grados? –pregunté sorprendido–. ¿La que puede incorporar los mandos y los altavoces en el apoyabrazos y reclinarse a toda velocidad?

–La misma –dijo él.

No me lo podía creer.

–¿Y desde cuándo la tienes? –insistí–. ¿Por qué no me había enterado?

–No te habías enterado porque, si se te ocurre entrar en mi cuarto, te arriesgas a sufrir torturas inimaginables, enano –respondió Víctor–. Y la tengo desde que me la compró papá por suspender solo dos asignaturas. Pero ahora da igual, ¡todo es horrible, me la han robado!

–¡Emilio! –dijo mi madre–. ¿Le compraste la silla esa al niño sin decírmelo?

–Yo no soy ningún niño –replicó Víctor.

–Sí, la compré –reconoció mi padre–. Es que el pobre se esforzó mucho en los exámenes...

–¡Pero si suspendió dos! –recordé yo–. Y a mí, por aprobar todas, solo me comprasteis un diccionario enciclopédico. Igualito, vamos.

–Era un diccionario digital –dijo mi padre–, y con aplicaciones muy chulas para navegar por los ríos de España. Ya hubiera querido tener yo algo así a tu edad. Además, cada persona es diferente. Sois hermanos, pero no sois iguales.

–Por suerte –murmuró Víctor.

–Es una injusticia –aseguré.

–Perdonadme, tenía que habéroslo contado –dijo mi padre–. Es que la silla 360 grados es una pasada: ¡puedes matar zombis boca abajo!

–¿Tú también la has usado? –preguntó mi madre.

–Un poco –reconoció mi padre–, muy poco.

Mi madre resopló abatida.

–Vaya día, miércoles negro para los García Casas –dijo apoyándose en el sofá–. El pequeño falla goles imposibles, tú le compras regalos al mayor sin decírmelo y, para colmo, unos ladrones nos roban en casa... ¡Y ni siquiera se llevan el sillón rojo, que ya no sé cómo deshacerme de él!

–¿¡Mi sillón rojo de los domingos!? –preguntó mi padre señalándolo–. ¡¡¡Ese sillón perteneció a mi abuelo, me ha acompañado toda la vida!!!

–Precisamente –dijo mi madre–. Está hecho una ruina... y no pega con el resto del mobiliario, ni con las cortinas. ¡Estoy deseando perderlo de vista desde hace años! ¡Ojalá se lo hubieran llevado los ladrones!

–Eso me ha dolido, Juana –reconoció mi padre.

–A mí también me ha dolido que le compréis regalos a Víctor y me lo ocultéis –admití.

–Y a mí que los ladrones se hayan llevado mis cosas –dijo mi hermano–, y ni siquiera hayan robado en el cuarto del enano.

–¿Cómo sabes que no me han robado nada? –pregunté–. ¿Has entrado en mi habitación?

–Pues claro –respondió él–. Entro en ella cada vez que me da la gana.

–¿¡O sea, que tú puedes entrar en mi cuarto y yo en el tuyo no!? –exclamé.

–Para eso eres el enano –aseguró Víctor–, y yo el mayor.

–¡Ya está bien! –cortó mi madre–. ¡Dejad de discutir! ¡Han entrado ladrones a robarnos, eso es lo grave! ¡Emilio, tienes que acabar con esta ola de robos! ¡Sobre todo, en nuestra casa!

Mi padre iba a responder, pero en ese momento sonó su teléfono móvil.

–¿Sí? –contestó.

La persona que hablaba al otro lado del teléfono debió de decir algo muy fuerte.

Mi padre abrió mucho los ojos y exclamó:

–¡No me digas!

Después de unos segundos repitió:

–¡No me digas!

Y por último dijo:

–¡¡¡No me digas!!!

Al fin colgó el teléfono, apesadumbrado.

Nos miró y dijo:

–Tengo que irme.

–¿¡Ahora!? –preguntó mi madre–. ¿Roban en tu hogar y te marchas?

–Lo siento, volveré en cuanto pueda –respondió mi padre, compungido–. Durante el partido de fútbol han robado en casa de los padres de Toni, y también de la madre de Helena...

–¡No me digas! –exclamó mi madre.

–Exacto –aseguró mi padre–. Y hay más: ¡también han robado en casa del alcalde!

–Pero si ya habían robado el domingo –dije yo.

–¡Pues han vuelto a entrar en su casa! –explicó mi padre, y se encaminó a la puerta–. Debo hacer una inspección por todos los lugares del delito. No toquéis nada. Aquí también habrá que tomar huellas y buscar indicios.

–¿Podemos ayudarte en algo, papá? –pregunté.

–Gracias, hijo –contestó mi padre–, pero este es un asunto muy serio. La policía se encargará de todo. Voy a pedir refuerzos a la central.

–¡Toma ya! ¡Refuerzos! –exclamó Víctor–. ¿Encontraréis mi silla 360 grados y mis altavoces? Estoy muy triste.

–Lo intentaremos, te lo prometo –aseguró mi padre–. Os aseguro que nadie está por encima de la ley.

Y se ajustó su gorra.

–Venga, Emilio, en marcha –dijo mi madre–. Y no te des tantos aires, que eres policía municipal, no Sherlock Holmes. ¡Y no tardes, que no podemos estar toda la noche sin tocar nada!

–El deber me llama –aseguró mi padre.

Y salió por la puerta.

–Cuando papá dice que no toquemos nada –dijo mi hermano–, ¿a qué se refiere exactamente?

–Está muy claro –contestó mi madre–. Nada significa... nada.

–Pues vaya plan –protestó Víctor–. No tenemos ordenador... ni tele... ni *Play*... Esto es como vivir en la prehistoria.

–Aprovecha para estudiar un poco –dijo mi madre.

–Ah, ¿los libros sí puedo tocarlos? –preguntó él–. Es muy contradictorio... Mejor voy a poner un poco de música. Menos mal que todavía me queda mi móvil.

–No se te ocurra poner esa canción horrible –advirtió mi madre.

–Es electro latino, mamá –contestó mi hermano–, y esa canción horrible, como tú dices, es número uno en el mundo entero. Se llama «Somos de pueblo, ¿y qué?».

–A todas horas lo mismo, qué cruz –protestó mi madre.

Sin hacerle ni caso, Víctor reprodujo su canción favorita en el móvil.

Yo ya la había oído unas cuantas veces.

Mi madre tenía razón: Víctor la ponía a todas horas.

–Electro latino a topeeeeeeee –exclamó Víctor al oír las primeras notas.

Y la canción comenzó a sonar:

> Sí, sí, sí.
> Somos de pueblo, ¿y qué?
> Nos gusta el dancing, ¿y qué?
> Yes, yes, yes.
> Toma, toma, toma.
> Somos de pueblo, ¿y qué?
> Arrímate al ascua, ¿y qué?
> Dale, dale, dale.

–Quítalo ahora mismo, que me vas a volver loca –ordenó mi madre–, o por lo menos bájalo.

Los dejé discutiendo y me acerqué a la ventana del salón.

Vi el coche patrulla de mi padre alejándose, con las luces azules y rojas encendidas.

Ojalá encontraran pronto a los ladrones.

En ese instante recibí un mensaje en mi móvil.

Miré la pantalla.

Era Helena con hache.

Escribiendo en el chat de los Futbolísimos.

19

Helena: Han entrado a robar en mi 🏠 durante el partido!!!

Toni: En mi 🏠 también!!!

Pakete: Y en la mía!!! 😡 😡 😡

Pakete: Y también en 🏠 del alcalde!!!

Ocho: Pero lo del alcalde no fue el otro día? 🤔 🤔

Pakete: Han robado hoy otra vez.

Tomeo: Qué fuerte, qué fuerte, qué fuerte! 😱 😱 😱 😱

Ocho: Helena, Toni y Pakete, estáis bien?

Helena: Yo sí, pero mi madre está muy asustada.

Camuñas: Pues en mi casa no han entrado, qué pasa, solo roban a los delanteros del equipo? 🤨 🤨 🤨 🤨 🤨

Anita: Quieres que entren a robar en tu casa? 😖

Camuñas: No, solo digo que no entiendo esta discriminación...

Toni: Hay una banda de ladrones en el pueblo! 😎 😎 😎

Marilyn: Eso ya lo sabíamos desde el domingo. 🤓

Toni: Pero ahora que han robado en mi casa,
me molesta mucho más. 🤓 🤓 🤓

Camuñas: Deberíamos investigar. 🔍
Para eso somos los Futbolísimos. ⚽ ⚽ ⚽

Anita: Ya empezamos. 😖 😖 😖

Tomeo: Investigar me da hambre. 🍕 🍩 🌮 🍰 🍔

Pakete: Mi padre ha pedido refuerzos 👮 👮‍♀️
y dice que es un asunto muy serio, no debemos meternos.

Camuñas: La 👮‍♀️ no ha resuelto nada desde el domingo.

Toni: Además, estos robos están relacionados
con nuestro equipo. ⚽ ⚽ ⚽

Ocho: Por qué? 🤷‍♂️

Toni: Pues porque los ladrones aprovechan nuestros partidos
para cometer los robos.

Helena: Y roban en nuestras propias 🏠 🏠 🏠 .

Marilyn: Está claro que tiene que ver con nosotros.

Pakete: Qué pasa? Todos queréis que investiguemos?

Camuñas: Somos los Futbolísimos, jugamos al fútbol ⚽ ⚽ ⚽
y resolvemos misterios!!! 🔍 🔍 🔍

Tomeo: Me voy a comer una rosquilla de chocolate
para celebrarlo. 🍩

Marilyn: Para celebrar el qué? 🤦‍♀️

Tomeo: Yo qué sé, que somos los Futbolísimos. ⚽ ⚽ ⚽

Anita: No hay nada que celebrar. Una banda de ladrones está desvalijando el pueblo.

Tomeo: Valeeeeeeeee, perdón.... Pues me voy a comer una rosquilla de chocolate sin celebrar nada. 🍩 🍩 🍩

Camuñas: Yo voto que investiguemos. 🔍

Ocho: Y yo. 👆

Toni: Yo también. 👆 👆 👆

Marilyn: Yo tb. 🙋‍♀️

Helena: Y yo. 🙋‍♀️

Tomeo: Yo tb. 🙋‍♂️

Anita: Y yo. Qué remedio. 😊 😊 😊

...

Helena: Pakete?

Helena: Tú no votas?

Pakete: Lo que diga la mayoría. Pero que conste que no lo veo claro.

Toni: Eso lo dices porque no han robado en tu casa.

Helena: Que sí, que también le han robado.

Toni: Ah, es verdad...

Toni: Bueno, pues lo dices porque eres un gallina. 🐔 🐔 🐔

Pakete: Paso de contestarte.

Toni: Gallina. 🐔 🐔 🐔 🐔 🐔 🐔 🐔 🐔

Tomeo: Eso ya lo has dicho, me parece.

Pakete: Solo digo que es un tema de la policía. 👮

Pakete: Y que este sábado tenemos un partido muy importante.

Pakete: Y tenemos que estar muy concentrados.

Camuñas: A lo mejor los ladrones aprovechan el partido del sábado para dar un gran golpe. El golpe definitivo!!!

Ocho: Qué golpe? Dónde van a robar???

Camuñas: Yo qué sé. 🤷‍♂️

Ocho: Como lo has dicho tan convencido...

Helena: Mañana, después del entrenamiento, reunión secreta de los Futbolísimos. ⚽⚽⚽

Toni: 👍

Tomeo: Y no puede ser antes? Es que tengo hora en la peluquería y me viene fatal... 💇‍♂️

Helena: No puede ser antes, porque estaremos en clase.

Marilyn: Déjate de peluquería. Los Futbolísimos tienen una misión! 🔍🔍🔍

Tomeo: Eso díselo a mi madre, que se pasa el día repitiendo que voy con unas greñas... 💇‍♂️💇‍♂️💇‍♂️

Helena: En el campo de fútbol, después del entrenamiento. Reunión secreta. 🤫

Anita: Perfecto.

Toni: 👍

Marilyn: Oye, Angustias... Estás ahí?

...

Angustias: Sí estoy.

Marilyn: Por qué no dices nada? 🤷‍♀️

Angustias: Porque estoy delante de mi casa yo solo y no me atrevo a entrar. 😱😱😱😱

Marilyn: Estás en la calle?

Helena: Y tus padres?

Angustias: Me han traído hasta la puerta de casa y se han ido a una cena con el jefe de mi padre, que vive aquí cerca.

Camuñas: Pues entra de una vez, no te vas a quedar en la calle.

Angustias: Y si están dentro los ladrones? 😭😭😭😭😭

Anita: Si hubieran entrado a robar, ya se habrían ido, como en las otras casas.

Angustias: Eso no lo sabes.

Angustias: Y aunque se hayan ido, como abra la puerta y vea que han robado... me dará un ataque de nervios! Creo que ya me está dando! 😭😭😭😭😭😭😭😭

Marilyn: Venga, entra, que no pasa nada.

Toni: Entra de una vez. Me muero de curiosidad. Apuesto a que han robado en tu casa también.

Angustias: No digas eso! 😭😭😭😭😭

Camuñas: Yo apuesto que no!

Tomeo: Entra! Entra! Entra!

...

...

Marilyn: Estás entrando en 🏠?

...

Helena: Angustias?

...

Ocho: Di algo! 📢📢📢

...

Angustias: Aaaaaaaaaaaaaaaaaaaaaaaaaaaah! 😱😱😱

Marilyn: Qué pasa??? 🤷‍♀️

Toni: Han robado? 🤓🤓🤓

Helena: Estás bien?

Angustias: No han robado, parece que está todo en orden.

Anita: Entonces, por qué gritas?

Angustias: No lo sé, porque estoy muy nervioso!!! 😖

Camuñas: Total, que no han robado en tu casa, lo sabía!

Helena: Bueno, mañana nos vemos en el colegio,
y luego reunión. ⚽⚽⚽

Toni: Hasta mañana. 👋👋👋

Angustias: Esperad, no os vayáis.

Anita: Es muy tarde. ⏰

Tomeo: Yo tengo que cenar. 🥚🍳🥞🥓🥩🍗🍖

Camuñas: Venga, hasta mañana. 👋👋👋

Marilyn: Eso, buenas noches. 😴

Ocho: Chao! 👋

Angustias: Oye! No os vayáis! Estoy solo en casa
y me da miedo con esta ola de robos! 😱😱😱😱

Angustias: Hola?

Angustias: Queda alguien en el chat?

...

Pakete: Qué te pasa?

Angustias: Puedes hacerme compañía
hasta que lleguen mis padres? 🙏🙏🙏

Pakete: Van a tardar mucho?

Angustias: Cuando van a cenar con el jefe,
a veces no llegan hasta las doce o más.

Pakete: Y quieres que esté chateando contigo
hasta las doce de la noche? 😱😱😱😱

Angustias: Exactamente.

Angustias: Muchas gracias. 😊

Angustias: Eres muy bueno. 😊😊😊

Pakete: 😳

Angustias: Otra cosa...

Pakete: Dime.

Angustias: Es una tontería.

Pakete: Dilo ya. 📢

Angustias: Es que me da vergüenza. 🙊

Pakete: Que lo digas ya! 📢📢📢

Angustias: Puedo cogerte de la mano?

Pakete: Cómo me vas a coger de la mano por teléfono?

Angustias: Espera.

...

Angustias: 👋

...

Pakete: 👋

...

Angustias: 🤝

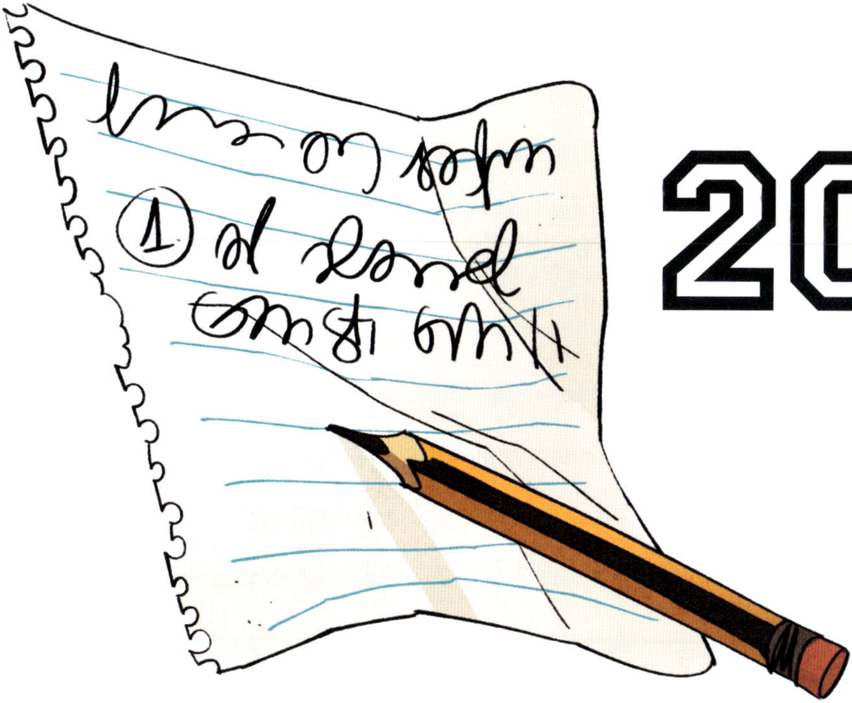

20

–He hecho una lista de sospechosos –aseguró Toni.

Todos le miramos sorprendidos.

Estábamos los nueve sentados en el campo de fútbol.

Sobre el césped.

Junto a una portería.

Aún con la ropa del entrenamiento.

–Estoy sudando a chorros –dijo Tomeo–. Es que no termino de entender para qué sirve dar tantas vueltas corriendo.

–Sobre todo, con este calor –añadió Angustias suspirando.

–Hay que correr para estar en forma –explicó Anita–. Todos los futbolistas del mundo lo hacen.

–Y para que no te desfondes en los partidos –dijo Marilyn.

–¡Pero si Tomeo no se mueve en los partidos! –recordó Ocho.

–Oye, sí que me muevo –protestó Tomeo–. Lo que no hago es correr a lo loco, sin sentido.

–¿¡Es que no me habéis oído!? –cortó Toni–. He hecho una lista completa de sospechosos.

–¿Sospechosos de qué? –preguntó Tomeo.

–¡Pues de qué va a ser! –estalló Toni–. ¡De los robos!

–Ah, eso –murmuró Tomeo–. Con tanto correr se me había olvidado.

–Vamos a centrarnos un poco –pidió Helena–. Esta reunión secreta es para organizar la investigación de los robos. Y también para analizar cuál es la situación actual.

–A mí analizar me da sueño –dijo Ocho.

–Y a mí –dijo Tomeo estirándose.

–Yo creía que era para decidir si investigamos o no –apunté.

–Eso ya está decidido –aseguró Marilyn.

–Muy secreta no es la reunión –dijo Anita mirando a su alrededor–. Estamos en el campo de fútbol a plena luz del día, cualquiera que pase nos puede ver.

–Yo por la noche no pienso quedar, ya os aviso –dijo Angustias.

–Si nos ven aquí sentados, en el campo –intervino Marilyn–, pensarán que estamos hablando de fútbol. O descansando después del entrenamiento.

–Que falta nos hace –dijo Tomeo.

–Venga, Toni –dijo Camuñas–, ¿quiénes son los sospechosos?

El delantero sacó un papel arrugado y un lápiz.

–He hecho una lista –dijo Toni–. Tampoco es que sea una lista muy larga... Ejem... A ver, sospechoso número uno: el alcalde, Gustavo Ferrada.

–¿¡Qué!? –exclamó Marilyn–. ¡Pero si al alcalde le han robado dos veces!

–Precisamente –afirmó Toni–. A lo mejor se ha robado a sí mismo para despistar.

–¡Está muy mayor! –aseguró Ocho–. ¿Cómo va a entrar él a robar en las casas? ¿Y por qué?

–No tengo todas las respuestas –respondió Toni–. Es solo una lista preliminar.

–Venga, continúa –propuso Helena–. Escuchemos los nombres de los sospechosos y luego ya opinamos.

Toni miró el papel muy serio. Le dio la vuelta.

Y al fin dijo:

–De momento no tengo más sospechosos.

–¡Eso no es una lista! –aseguró Marilyn.

–¿Solo el alcalde? –preguntó Camuñas.

–Por ahora no se me ha ocurrido nadie más –se defendió Toni–, pero estoy abierto a poner más nombres si alguien tiene ideas. Es una lista abierta. Muy abierta.

–El alcalde no tiene edad para andar robando casas –dijo Anita–. Estuvo durante los dos partidos en el palco delante de nosotros, no tiene ningún motivo y, por si fuera poco, esta misma mañana ha pedido que vengan más policías al pueblo para resolver el caso.

–¿Cómo lo sabes? –preguntó Toni.

–Porque lo he escuchado en Radio Sevilla la Chica cuando veníamos hacia el colegio –contestó Anita–. Le han entrevistado a primera hora.

–Creía que nadie oía esa emisora –murmuró Ocho.

–Visto así, no parece muy sospechoso –admitió Toni.

Y tachó el nombre de la lista.

–Tú único sospechoso... no es sospechoso –recalcó Marilyn.

–¿Alguien tiene más propuestas? –preguntó Helena.

Todos nos quedamos pensativos.

Camuñas señaló hacia el otro extremo del campo.

–Radu –dijo el portero.

–¿Radu, el bedel? –preguntó Marilyn, incrédula–. ¿Nuestro Radu es sospechoso?

–No lo sé –trató de explicarse Camuñas–. Pero desde hace unos días tiene una banda, y siempre van un rato a los partidos y luego desaparecen.

–No es una banda –rebatió Helena–, son sus hermanos.

–Perdón –se excusó Camuñas–. El caso es que son sospechosos: justo desde que llegaron los hermanos al pueblo, empezaron los robos. Y además, ¿por qué van a los partidos y luego se marchan antes de acabar?

Nos quedamos mirando a lo lejos a Radu, con su gorra. En ese momento llevaba una gran red llena de balones y conos, para guardarlos en el almacén después del entrenamiento.

–Siempre se ha portado genial con nosotros –recordó Ocho.

–Eso no tiene nada que ver –insistió Camuñas–. A lo mejor sus hermanos han venido de Rumanía porque no tienen trabajo... y se han visto obligados a entrar a robar las casas por necesidad.

–¡Pero qué burro eres! –soltó Helena–. ¡Eso que acabas de decir es una barbaridad! O sea, ¿que por ser rumanos y no tener trabajo son sospechosos?

–Que noooooooo –dijo Camuñas–. Es que... Lo siento, no quería decirlo así.

–No nos pongamos nerviosos –pidió Anita muy seria–. Nadie puede ser sospechoso por su nacionalidad ni por su condición social. Nunca jamás.

–Qué bien hablas –dijo Angustias–, y qué palabras tan largas usas: nacionalidad, condición social...

–Sin embargo, los Petrescu son sospechosos por otras razones –continuó Anita–. Es verdad que estuvieron en los dos partidos y, sin embargo, no se quedaron hasta el final. No los conocemos casi, pero su llegada coincide con el comienzo de la ola de robos. Y, por último, son varios, y todo indica que los hurtos debió de cometerlos más de una persona.

–Decidido –dijo Toni, con su lápiz–. Los apunto en la lista.

–Esto... –dijo Tomeo–. Exactamente, ¿quiénes son los Petrescu?

–Pues Radu y sus hermanos –contestó Ocho.

–Ah, vale, es que me había despistado –se disculpó Tomeo–. Por cierto, ¿alguien quiere una barrita energética? Están buenísimas y tienen chocolate y cacahuete.

–Me apunto –dijo Camuñas.

–Y yo –aseguró Anita.

–Tampoco tengo muchas, no os paséis –dijo Tomeo sacando las barritas de una especie de forro del chándal.

–¿Algún sospechoso más para la lista? –preguntó Toni.

–A mí se me ocurre Raquel Niebla –propuso Ocho.

–¿La presidenta de la Liga Intercentros? –dijo Marilyn sorprendida–. También robaron en su casa.

–Ya, pero a lo mejor lo hizo para despistar –aseguró Ocho.

–Eso lo he dicho yo del alcalde y me habéis contestado que no valía –protestó Toni.

–Este caso es distinto –dijo Helena–. La nueva presidenta acaba de llegar al pueblo; es decir, que su aparición coincide con el inicio de los robos.

–Y tiene ese ayudante que va de traje y con gafas oscuras, y un chófer también –recordó Tomeo–. ¡Pueden ser parte de la banda!

–Y tiene cara de sospechosa –remató Ocho.

–Eso no existe –rebatió Anita–. Nadie tiene cara de sospechoso. Es un prejuicio absurdo.

–Qué tiquismiquis –dijo Ocho.

–Yo ya la he puesto en la lista –anunció Toni–, por si acaso. ¿Alguien más?

–¡Los del Barranquilla! –exclamó Angustias.

Nos giramos hacia él, que casi nunca participaba en este tipo de propuestas.

Se rascó la cabeza y dijo:

–Son muchos, nos caen fatal, y a lo mejor no solo nos roban para llevarse los objetos, sino también para ponernos nerviosos de cara al partido decisivo del sábado.

–Bien dicho, angustioso –aseguró Toni–. Además, estuvieron espiándonos durante el partido con el Leganil y luego se esfumaron.

–Pero ¿te refieres a los jugadores? –preguntó Anita–. ¿O también al entrenador?

–No lo sé –respondió Angustias.

–Apunto a todos –zanjó Toni, escribiendo varios nombres en su papel arrugado–: el Solomillo, el Solomillo II y todo el equipo del Barranquilla. ¡Cómo va creciendo esta lista, así da gusto!

–¿Alguno más? –preguntó Marilyn.

Levanté la mano y dije:

–Los Trapote.

–¿Quiénes? –preguntó Tomeo masticando a dos carrillos.

–Los árbitros esos –explicó Camuñas.

–No estoy seguro –dije–, pero ayer, en mitad del partido, les vi subiendo a una furgoneta blanca. Y decían cosas raras como que «era muy arriesgado» y que «habían venido para eso».

–Además, estuvieron en los dos partidos –añadió Helena–, y tampoco se quedaron hasta el final.

–Y son cinco –siguió Marilyn–, más que suficientes para cometer los robos. ¡Bien pensado, Pakete!

–Pues hala, apunto a los árbitros –dijo Toni–: los Trapote.

–En realidad, árbitro solo es uno –recordé–. Los demás son familiares.

–Así nos entendemos –dijo Toni quitándole importancia.

–Ahora me siento fatal –dije–. A lo mejor no estaban haciendo nada malo y simplemente se marcharon en su furgoneta para ir a otro partido o a cualquier sitio.

–No te preocupes –dijo Camuñas–. Estamos haciendo una lista de sospechosos, no de culpables.

–Venga, venga, ¿alguno más? –preguntó Toni–. ¡Esto se está animando!

Nadie dijo nada.

–Por ahora, yo creo que ya tenemos unos cuantos sospechosos para empezar la investigación –dijo Marilyn.

Me quedé pensativo.

Tenía otro nombre en la cabeza.

Pero no me atrevía a decirlo.

–Bueno, pues si no hay más sospechosos –dijo Toni, poniéndose en pie–, podríamos dividirnos en grupos y que cada uno investigue a un sospechoso. Yo me pido a Raquel Niebla: su casa está al lado de la mía.

–Eso no es justo –intervino Angustias–. Y yo también vivo enfrente de la presidenta.

–Perfecto entonces –dijo Marilyn–. Toni y Angustias forman el primer grupo de investigación.

–Yo puedo aportar prismáticos para espiarla desde mi ventana –dijo Angustias–, y luego, si eso, ya del resto de la investigación te encargas tú.

–Paso de formar equipo con este –dijo Toni.

–Oye, si empezamos así no hay forma de organizarse –advirtió Marilyn.

–¿«Este» soy yo? –preguntó Angustias.

No podía dejar de pensar en ello.

Aunque no quisiera, tenía que decirlo.

–¡Un momento! –exclamé–. En realidad hay otro sospechoso; posiblemente, el sospechoso número uno.

Ahora sí, todos me miraron con los ojos muy abiertos.

Tragué saliva.

Y dije:

–Fernangol.

21

De repente, se levantó el viento en el campo de fútbol.

Como si mis palabras hubieran desencadenado una pequeña tormenta.

–¿¡¡¡Fernangol sospechoso de los robos!!!? –exclamó Camuñas.

–Es una leyenda de la historia del fútbol –recordó Marilyn.

–Es hijo predilecto del pueblo –añadió Ocho.

–Es famosísimo –aseguró Tomeo.

–Es muy mayor –señaló Helena–. Igual que el alcalde o más.

–Y además regaló sus Rocket One originales –recordó Anita–. No tiene sentido: ¿por qué iba a regalar unas botas que podría vender por un dineral y, un rato después, entrar a robar en las casas del pueblo?

Mis compañeros tenían razón.

Era imposible imaginarse al mítico Fernangol entrando a robar en una casa.

Si ya me sentía bastante mal por haber señalado a los Trapote, peor me sentía acusando a Fernangol.

–Fernangol es mi ídolo –expliqué–. No quiero acusarle.

–Pues acabas de hacerlo –dijo Toni.

–Lo siento, no debí decirlo –me excusé.

–Si lo has dicho, por algo será –rebatió Helena–. ¿Por qué sospechas de él?

Helena con hache me miró con sus enormes ojos y puso cara de «venga, adelante, dilo».

–Vamos –insistió ella–. Di lo que piensas, por favor.

–Está bien –accedí tomando aire–. Primero, los robos empezaron el día que él llegó al pueblo. Segundo, en los dos partidos ha desaparecido misteriosamente en el descanso. Y tercero, tiene un grupo de periodistas que le siguen a todas partes. ¿Cómo sabemos que son reporteros y no una banda de ladrones? Ah, y cuarto: en su época, los futbolistas no ganaban tanto dinero. ¿Y si está arruinado? ¿Y si aprovecha el revuelo de su presencia para robar a la gente? ¿¡Y si solo ha vuelto al pueblo para desvalijar unas cuantas casas y luego sale corriendo y no volvemos a verle el pelo nunca más!?

Por un momento, mis amigos se quedaron en silencio.

Boquiabiertos.

–¡Fernangol es culpable! –exclamó Angustias.

–Ya te digo –murmuró Tomeo.

–Le apunto en la lista –dijo Toni, convencido, y escribió su nombre.

–Cómo se nota que eres hijo de policía –aseguró Camuñas, orgulloso, pasando su brazo por encima de mi hombro–. ¡Este es mi mejor amigo!

–Propongo que centremos la investigación en Fernangol –dijo Marilyn–. Ahora mismo, como bien ha dicho Pakete, es el sospechoso número uno.

–¿Yo he dicho eso? –pregunté.

–Sí lo has dicho –respondió Anita.

–¿Para qué habré abierto la boca? –murmuré.

–Hay que averiguar si Fernangol está arruinado –propuso Ocho–. Podemos navegar por internet a ver qué encontramos.

–También deberíamos comprobar si esos reporteros son periodistas de verdad –dijo Toni–. A mí me dan mala espina.

–Y lo más importante –dijo Marilyn–: hay que ir a su casa y averiguar si guarda allí los objetos robados.

–¡No, no y no! –protestó Angustias–. ¡Eso sí que no! ¡¡¡Yo no voy a colarme en casa de nadie!!! Cada vez que hemos hecho algo así, ha salido mal.

–Aunque sea arriesgado, tenemos que hacerlo –dijo Camuñas–. Hay que encontrar pruebas.

–Tú lo que quieres es colarte en casa de Fernangol y liarla –dijo Anita–. Te dan igual las pruebas.

–En absoluto –rebatió Camuñas muy serio–. Yo lo digo por la investigación. A mí no me hace ninguna gracia entrar en plena noche en casa de un futbolista famoso para ver si tiene el garaje lleno de objetos robados...

A medida que hablaba, el portero se iba entusiasmando. Hasta que nos miró y lo reconoció:

–¡Vaaaaaaaale, me encanta la idea!

–¿Podemos llevarnos algo? –preguntó Tomeo

–¿¡Cómo vamos a llevarnos algo!? –exclamó Helena.

–¡Yo qué sé! –siguió Tomeo–. Alguna camiseta firmada, un viejo trofeo...

–Entonces seríamos nosotros los ladrones –dijo Anita.

–Ahí va, es verdad –admitió Tomeo.

–Si vamos a colarnos en casa de Fernangol –dijo Toni–, tendremos que organizarnos muy bien, preparar un plan, todo eso...

La primera pregunta importante que me viene así a la cabeza, ejem, ¿alguien sabe dónde vive?

–Como no hay hoteles en el pueblo –contestó Anita–, el ayuntamiento le ha cedido temporalmente una casa: Villa Robredo.

Todos pegamos un salto al oír aquel nombre.

–¿¡¡¡Qué!!!? –exclamó Angustias

–Pero esa es... o sea... –tartamudeó Ocho–, es... ¡la casa terrorífica a las afueras del pueblo!

–La misma –aseguró Anita–, aunque su nombre verdadero es Villa Robredo.

–¡¡¡Mola!!! –exclamó Camuñas.

–¿Queréis que esta noche... nos colemos en la casa terrorífica a las afueras del pueblo? –preguntó Tomeo.

–Yessssssss –contestó Camuñas, cada vez más entusiasmado–. ¡Va a ser una pasada!

–Contad conmigo –dijo Toni.

–Y conmigo –aseguró Marilyn.

–Si vais vosotros tres, yo creo que es más que suficiente, ¿no? –intervino Ocho–. Además, que si vamos todos haremos mucho ruido y nos pueden descubrir.

–O vamos todos o ninguno –aseguró Helena–. Juntos para lo bueno y para lo malo.

–Yo prefiero para lo bueno –murmuró Angustias.

–Ya sé que os apetece mucho ir a la casa y todo eso –dijo Anita–, pero digo yo que la policía habrá llegado a las mismas conclusiones que nosotros.

–Eso no lo sabemos –replicó Camuñas.

–Pues vamos a comisaría y se lo contamos –insistió Anita.

–No seas aguabotas –protestó Tomeo–. Esta noche vamos a casa de Fernangol, y si conseguimos pruebas, se las llevamos a la policía.

–¡Hecho! –exclamó Toni.

Y chocaron las palmas.

Al hacerlo, el papel arrugado se le escurrió de la mano.

Y salió volando.

–¡La lista de sospechosos! –gritó Toni.

El viento se llevó el papel por los aires.

Los nueve corrimos detrás de él.

Cada vez se alejaba más.

El papel cruzó el campo hasta que llegó a la línea de banda y...

¡ZAS!

–¡Yo coger papel! –exclamó Radu, que había puesto su bota sobre la lista.

La agarró con la mano y preguntó:

–¿Ser táctica para partido?

–¡Nooooooooooooooo! –exclamó Toni–. ¡No puedes leer eso!

–¿Por qué? –preguntó el bedel.

–Porque es un supersecreto –contestó Camuñas.

–¡Secretísimo! –aseguró Marilyn.

Demasiado tarde.

Radu ya estaba leyendo lo que ponía allí.

–¿¡Hermanos Petrescu!? –preguntó extrañado–. ¿Qué ser esto?

–Es una lista –dijo Toni.

–Una lista de... personas... –improvisó Helena.

–Exacto –intervino Anita–. Personas... muy importantes para nosotros, personas a las que queremos mucho.

–¿Querer a Raquel Niebla? –preguntó Radu, sin comprender–. ¿Y a los Solomillos?

–Bueno, es que hay muchas formas de querer –intentó corregir Anita–. A ti y a tus hermanos os queremos mucho más, claro.

Radu se rascó la cabeza, sin comprender.

–¿Querer a familia Trapote? –dijo, aún más confuso–. ¿Los árbitros?

No estaba colando.

Levanté la mano y dije:

–Te vamos a contar la verdad.

–¿Ah, sí? –preguntó Helena.

–Sí, no podemos ocultárselo durante más tiempo –aseguré.

Todos mis compañeros me observaron atentamente, con curiosidad.

–Esto –dije, cogiendo el papel de su manos– es una lista de las personas a las que queremos dedicar la Liga en caso de que ganemos el sábado: a los del Barranquilla, por ser nuestros rivales; a Raquel Niebla, por organizar la competición; a los Trapote, por propiciar el juego limpio...

Me estaba quedando sin argumentos.

–A Fernangol, por ser nuestra inspiración –continué–. Y, por supuesto, a ti, por ayudarnos siempre durante tantos años.

–Muchas gracias –dijo Radu–. ¿Y a mis hermanos también dedicar Liga?

–Por supuesto –respondí–. Si son importantes para ti, también son importantes para nosotros.

El bedel pareció emocionarse.

–¡Ser muy buenos con Radu! –exclamó–. ¡Yo también querer mucho a vosotros!

Y se abrazó a nosotros.

Como era tan grande, prácticamente nos abrazó a los nueve al mismo tiempo.

Fue un momento muy emotivo.

Y muy... íntimo.

–Me estás metiendo el codo en la oreja –protestó Ocho.

–Alguien me está clavando la rodilla en las costillas –dijo Marilyn.

–No puedo respirar –susurró Tomeo.

–¡Radu gusta abrazar equipo! –aseguró él con una sonrisa de oreja a oreja–. ¡Poder quedar así toda la tarde!

–Tampoco hace falta –dijo Helena respirando con dificultad.

–Yo creo que ya nos hemos dado bastante cariño –suspiró Toni, que también se estaba poniendo rojo.

–Pues yo estoy genial –dijo Angustias–. Aquí, todos apretaditos, me da la sensación de que no puede pasar nada malo.

En ese preciso instante...

¡Comenzó a llover!

En un segundo, empezó a caer una intensa lluvia.

–¡Radu encanta lluvia! –exclamó el bedel sin soltarnos.

–Qué bien –dijo Camuñas.

En medio del campo, abrazados bajo la lluvia, permanecimos los diez un buen rato.

Puede resultar extraño, porque era una postura muy incómoda.

Y me dolía el cuello.

Y nos estábamos empapando.

Y parecía que Radu no nos soltaría nunca.

Pero la verdad es que me sentí a gusto.

22

Un búho nos observó desde un árbol.

La enorme verja metálica rodeaba un viejo caserón con las paredes amarillentas.

En el descuidado jardín se adivinaban arbustos y maleza sin recortar.

No había ninguna farola, ningún foco encendido en el exterior ni en el interior.

Tan solo la luz de la luna iluminaba aquel lugar.

–Tiene un aspecto terrorífico –murmuró Angustias.

–Precisamente por eso la llaman «la casa terrorífica» –explicó Anita.

–Es espeluznante –repitió Angustias–. Por favor, demos media vuelta y ya volveremos mañana por la mañana, ¡por favor, por favor, por favor!

–Hay que entrar ahora –aseguró Anita–. La casa está vacía.

–¿Cómo lo sabes? –preguntó Tomeo.

–Porque llevamos toda la tarde preparando el plan –respondió ella resoplando–. Fernangol está cenando en casa del alcalde.

Anita sacó su teléfono móvil.

Tecleó un mensaje en el grupo de los Futbolísimos.

Anita: Atención. Grupo Alpha en posición.
Grupo Beta, ¿todo en orden?

...

Marilyn: Todo ok.

Ocho: 👍

Camuñas: El Ave Fénix está en el nido.

–¿Quién es el Ave Fénix? –preguntó Tomeo, nervioso–. ¿De qué nido hablan ahora?

–El nido es la casa del alcalde –explicó Anita–. Y el Ave Fénix es Fernangol.

–¿Y por qué no lo dicen más claramente? –dijo Tomeo.

–Hablan en clave para que no nos descubran –contestó Anita.

–No lo entiendo –insistió Tomeo–. Si es nuestro chat, y nadie más lo lee.

–Por si acaso –zanjó Anita.

–Es todo muy raro –suspiró Angustias, agarrándose a la verja con ambas manos–. ¡Y está muy oscuro!

–Ya te digo –aseguró Tomeo.

–Bueno, a ver si nos centramos –pidió Anita–. El grupo Beta, que son Marilyn, Ocho y Camuñas, está vigilando frente a la casa del alcalde. El grupo Alpha, o sea, nosotros tres, se quedará aquí fuera por si aparece alguien de repente.

–Yo habría preferido ser del grupo Beta –aseguró Angustias.

–Eso ya lo hemos hablado –le cortó Anita–. Los grupos se han hecho por sorteo.

–¿Y el grupo Gamma? –preguntó Tomeo.

Anita volvió a teclear en su móvil.

Anita: Atención, grupo Gamma. ¿Preparados?

Toni: Pues claro que preparados, ¡si estamos a vuestro lado! 🙃

Toni levantó la mano y saludó a Anita, que le devolvió el saludo.

El grupo Gamma éramos Toni, Helena y yo.

Nos encontrábamos a tan solo dos metros del grupo Alpha.

Justo al lado de la puerta de entrada a Villa Robredo.

Y teníamos la misión más complicada.

Adentrarnos en la casa terrorífica a las afueras del pueblo.

Registrar aquella mansión.

Y buscar pruebas.

Hubiera preferido ir solo con Helena.

Pero, como había dicho Anita, nos habíamos dividido por sorteo.

Helena hizo un gesto con la mano y empujó ligeramente la puerta, que chirrió como si no la hubieran engrasado desde hacía dos mil años o más.

–Está abierta –murmuró.

–Normal –dije–. A nadie se le ocurriría entrar en este sitio.

–Si te da miedo –replicó Toni–, quédate aquí vigilando. Helena y yo podemos ir solos.

Quizá no era tan mala idea: esconderme detrás de la puerta y no moverme de allí.

Pero no pensaba hacerlo.

Aunque me diera un poco de miedo atravesar el jardín y entrar en ese caserón semiabandonado, yo tenía la culpa de que Fernangol fuera el principal sospechoso.

Y, sobre todo, ¡no pensaba dejar solos a Toni y Helena en una casa a oscuras!

Lo hacía por ellos, no les fuera a ocurrir algo.

A mí me da igual que vayan solos adonde quieran.

Faltaría más.

–¿Vienes o no, espabilado? –preguntó Toni.

Helena y él se estaban internando en el jardín.

Aunque, más que un jardín, parecía una selva. Todo estaba hecho un desastre.

–Por supuesto que voy –respondí decidido.

Activé el modo linterna del móvil y les seguí.

–Tal vez no sea buena idea encender una luz –murmuró Helena.

–Cierto –aseguró Toni–. Podrían descubrirnos.

–¿Quién nos va ver? Se supone que la casa está vacía –recordé yo–. Por eso estamos entrando a esta hora.

–Nunca se sabe –dijo Helena, enigmática.

–Bien dicho: nunca se sabe –repitió Toni.

Pfffffff...

A regañadientes, apagué la linterna.

Ahora sí que no se veía nada.

Aquello estaba lleno de arbustos por todas partes.

–Lo mejor es que vayamos de la mano –propuso Helena–, para no tropezarnos ni perdernos.

–Bien pensado –secundó Toni.

–Vale –susurré.

Esperé unos segundos.

No sé si ellos dos ya se habrían cogido de la mano, no podía verlo.

Pero, de momento, a mí nadie me había agarrado.

Di unos pasos con la mano por delante, esperando que alguien me cogiera.

Pensé: «Que sea la mano de Helena, que sea la mano de Helena...».

–Bueno, pues ya vamos los tres bien agarrados –anunció Toni.

–Perdón –dije–, pero yo no... o sea, que yo no voy agarrado de la mano de nadie.

–No te hagas el gracioso, Pakete –replicó Toni–. Con mi mano derecha voy cogido con Helena.

–Así es –dijo ella.

–Y con la izquierda, contigo –siguió Toni.

–Yo no... –volví a decir–. Te prometo que yo no voy de la mano de nadie.

–Entonces –dijo Toni, asustado–. ¿¡¡¡Quién me está cogiendo la mano izquierda!!!?

Tragué saliva.

No sabía si echar a correr.

O gritar.

O llorar.

A lo lejos oí un graznido.

Uuuuuuuuuuh... Uuuuuuuuuuuh...

Debía ser el búho.

Empecé a temblar.

¿¡Por qué habíamos entrado allí!?

¿¡Quién estaba agarrando a Toni!?

–Helena... Toni... –dije sin atreverme a moverme–. ¿Estáis ahí?

Nada.

Ninguna respuesta.

–Decid algo, por favor –insistí.

¿¡Dónde se habían metido!?

Estaba a punto de gritar pidiendo socorro.

Cuando de pronto...

¡Dos luces me apuntaron directamente al rostro!

Y oí unas risas.

–Mira qué careto tiene, ja, ja, ja, ja, ja, ja –dijo Toni.

–¿¡Eh!?

Eran Toni y Helena, que me apuntaban con sus linternas y se reían.

–Solo ha sido una broma –dijo ella.

–Qué graciosos –dije yo.

–¿Quién me estará sujetando la mano izquierda? ¿Un fantasmaaaaaa? Ja, ja, ja, ja, ja, ja, ja –continuó Toni–. Anda, vamos, que no tenemos toda la noche.

Sin dejar de reírse, se alejó hacia la casa.

Helena se acercó a mí y, ahora sí, me agarró de la mano.

–¿No te habrá molestado? –dijo.

–No, no, qué va –contesté–. Ha sido superdivertido.

«Casi me meo encima, pero por lo demás ha sido muy gracioso».

Esto último no lo dije, claro.

Al menos, Helena por fin me había cogido de la mano.

En medio de aquel lugar siniestro, con la luna y el búho y todo lo demás, era lo único bueno que me había ocurrido esa noche.

–Venid, corred –dijo Toni, que al parecer había llegado junto al caserón–. Mirad lo que he encontrado.

Helena me soltó y salió disparada hacia allí.

Yo hice lo mismo.

–Espero que no sea otra broma –advertí mientras corría.

Pero no.

Esta vez no se trataba de ninguna broma ni nada parecido.

Toni estaba en un lateral de la casa.

Había abierto una trampilla que conducía al sótano.

Enfocó con su linterna hacia el interior.

No se veía bien, pero daba la impresión de que había un montón de objetos: sofás, electrodomésticos, cosas así.

–¿Serán los objetos robados? –preguntó Helena.

–Habrá que bajar a verlo –contestó Toni.

Movió una escalera portátil que había allí mismo.

La encajó en una especie de aberturas en la parte superior de la trampilla.

Y comenzó a bajar, agarrándose con ambas manos.

–Ten cuidado –pidió Helena–. Puede ser peligroso.

Se oyó un golpe.

–¿Estás bien? –preguntó Helena.

–Se me ha caído el móvil –respondió Toni–. No pasa nada.

Helena también se encaramó en la trampilla y empezó a bajar por la escalera.

–Esto no parece muy seguro –dije.

–Ahí abajo puede estar la respuesta a los robos –aseguró ella–. Para eso hemos venido.

Me quedé al pie de la escalera.

Solo otra vez.

Miré a mi alrededor.

No sabía muy bien qué hacer.

Helena tenía razón: habíamos venido para esto, no podía quedarme arriba como un pasmarote.

Me agarré con cuidado y empecé a bajar las escaleras.

No se veía absolutamente nada.

Fui bajando cada escalón muy despacio, sujetándome fuerte con las manos.

–No encuentro mi móvil –dijo Toni desde abajo.

–En cuanto llegue –dijo Helena–, encendemos el mío.

Aunque no pudiera verlos, sabía que al menos mis amigos estaban ahí, un poco más abajo.

Bajé otro escalón.

Y otro.

Y otro más.

Ya no podía quedar mucho.

Noté que mi móvil vibraba y se encendía.

Lo agarré con dificultad, intentando no soltarme de la escalera, y leí el mensaje que acababa de entrar en la pantalla.

Camuñas: ¡Atención, el Ave Fénix ha volado!
¡¡¡Repito: el Ave Fénix ya no está en el nido!!!
Y además la policía...

No pude seguir leyendo, porque en ese preciso instante...

¡Una potente luz se encendió de golpe en la parte de arriba de la trampilla!

Me pegué un susto tremendo.

Mis manos se soltaron.

Resbalé.

Caí al vacío.

–¡Aaaaaaaaaaaaaaaaaaaaaaaaaaaaah! –grité.

¡Y choqué contra el suelo!

Fue un golpetazo enorme.

Me quedé allí tirado, sin poder moverme, muy mareado.

Lo último que oí fue la voz de Helena con hache a mi lado:

–¡Pakete! ¿Estás bien?

–Hummmmmm –contesté.

Después, todo se volvió borroso.

Y me desmayé.

23

A mi alrededor, una habitación blanca.

Muy blanca.

–¿Estoy en el cielo? –pregunté.

–Ya quisieras –dijo una voz que me resultó familiar–. ¡Estás en el ambulatorio del pueblo, que ya te vale!

Era mi madre.

Se encontraba delante de mí.

Con los brazos en jarras.

Por lo visto, me habían tumbado en una camilla.

–¡Para haberte matado! –exclamó mi madre–. ¿A quién se le ocurre? Estoy muy enfadada, Francisco, pero mucho, ¿eh?

Se acercó a mí y me dio un abrazo.

Me espachurró a base de bien.

–Me tenías muy preocupada –dijo sin soltarme–. ¿Qué hacías en ese sótano, si se puede saber?

Todavía no había reaccionado del todo.

Desde que caí de las escaleras, no recordaba nada.

No sabía quién me había sacado del sótano.

Ni quién me había llevado hasta allí.

Ni nada.

–Me duele un poco la cabeza –murmuré–. ¿Llevo mucho tiempo aquí? ¿Horas? ¿Días?

Estaba tan confuso que a lo mejor llevaba dos días durmiendo y no me había enterado.

–Llevas exactamente diez minutos en esa camilla –aclaró mi madre.

–Ah –dije–. Mejor, así estoy a tiempo de recuperarme para el partido.

–Estás tú bueno si crees que vas a jugar el partido –replicó ella–. Primero, tendrás que hacer reposo después del golpe. Segundo, cuando te recuperes te va a caer un castigo que no olvidarás nunca. Y tercero, todavía no me has contestado: ¿qué hacías colándote en plena noche en la casa terrorífica a las afueras del pueblo?

–¿Tú también la llamas así? –dije.

–Todo el mundo la conoce con ese nombre –aseguró mi madre–. Y no me cambies de tema, ¡responde de una vez!

Tendría que decirle la verdad.

Qué remedio.

No quería delatar a mis amigos.

Aún no sabía muy bien a quién más habían pillado.

¿A mí solo?

¿A Toni y Helena?

¿A los nueve?

–Sé que puede parecer un poco raro –empecé–, pero estaba en el sótano... investigando los robos.

–¿Qué robos? –preguntó mi madre, perpleja.

–Los robos que ha habido en el pueblo –expliqué–. Sé que no tenía que haberme metido. Pero como han robado durante nuestros partidos, y encima han entrado en nuestra propia casa, pensé que a lo mejor podía ayudar y...

–¡Qué disparate, Francisco! –me cortó ella–. Eso es cosa de la policía. Y además, ¿qué tiene que ver ese sótano con los robos? Es una casa abandonada.

–No está abandonada del todo –dije–. Ahora vive allí Fernangol.

–¿Y...? –volvió a preguntar mi madre.

A ver cómo lo decía.

–Y eso –seguí–, que Fernangol... o sea... que los robos empezaron desde que él llegó al pueblo... Y siempre se va en mitad de los partidos... Y a lo mejor esos supuestos periodistas son una banda de ladrones. Por eso entré en el sótano, ¡para ver si tenía allí guardado el botín de los robos!

Mi madre me observó con los ojos muy abiertos.

–Estás delirando por culpa del golpe –dijo–. No sabes lo que estás diciendo. ¿Fernangol, uno de los mejores futbolistas de todos los tiempos, ladrón de casas?

–Sé que puede sonar raro... –intenté decir.

–Raro no –me interrumpió de nuevo–, ¡es una barbaridad!

–En el sótano podían guardar todos los objetos robados –aseguré.

–En ese sótano solo hay cachivaches viejos que deben de llevar allí una eternidad –rebatió mi madre–. ¡Y un montón de polvo!

–Vaya –dije contrariado–. ¿Entonces no estaban allí las televisiones, ordenadores y joyas robadas?

–¡Claro que no! –exclamó mi madre.

La puerta se abrió y apareció mi padre.

Entró seguido de otro policía uniformado, un hombre con un enorme bigotón.

–Me han dicho que estás bien, Francisco –dijo mi padre nada más verme–. Vaya susto nos has dado.

Él también se abalanzó a abrazarme.

–Nos tenías muy preocupados –aseguró.

–Y muy enfadados –matizó mi madre.

–Y muy enfadados también –repitió él, y se giró hacia el recién llegado–. Perdón, os presento al sargento Gil, que está al frente de los refuerzos en el pueblo.

–Encantado –dijo el sargento pasándose la mano por su gran bigote–. Estoy aquí para servirles en lo que sea necesario.

–Encantada –dijo mi madre dándole la mano–. Toda ayuda es poca en estos momentos. Por cierto, qué hermoso bigote, no veía un ejemplar así desde mi abuelo.

–Muchas gracias, señora –contestó Edmundo.

–No te creas que nos hemos olvidado de ti –dijo mi padre mirándome–. Ya me han contado tus amiguitos qué hacíais en el sótano.

–¿Ah, sí? –dije.

Por lo que se ve, no solo me habían pillado a mí.

–No podéis meteros en los asuntos de la policía –dijo muy serio mi padre–. Anda que colaros en la casa terrorífica a las afueras del pueblo a medianoche... ¡Y buscando pruebas! ¡Para haberos matado!

–Por no hablar de que os habéis escapado de casa sin avisar –intervino mi madre–. Cada vez que lo pienso, me pongo mala.

–Habéis cometido un delito grave, jovencito –aseguró el sargento Edmundo Gil–, entrando en una propiedad privada.

–¿Vamos a ir a la cárcel? –pregunté asustado.

–A la cárcel no –respondió mi padre–. Sois niños. Pero un castigo ejemplar sí.

–¡Un castigo que no se os olvide nunca! –exclamó mi madre–. De momento, nada de salir de casa en una buena temporada. Y nada de videojuegos. Ni de móvil. Y, por supuesto, nada de fútbol.

–Pero el sábado nos jugamos la Liga –protesté.

–El sábado se juegan la Liga, mujer –dijo mi padre.

–Emilio, no defiendas al niño –pidió ella, y luego se giró hacia mí–. Más me duele a mí, Francisco. Haberlo pensado antes. Además, ya he hablado con los otros padres y madres, y estamos todos de acuerdo: castigados sin partido.

–Pero lo hemos hecho por ayudar –insistí–, y el partido contra el Barranquilla es el más importante del año, puede que el más importante de la historia del Soto Alto...

–¡Ni pero ni para! –volvió a cortarme mi madre–. Lo he dicho y lo mantengo: castigado hasta nueva orden.

–Es muy grave lo que habéis hecho –dijo mi padre.

–Comprendo que te duela, jovencito –añadió el sargento–, pero así no volveréis a hacerlo.

Aquello sí que no me lo esperaba.

Mi madre era la más futbolera de la familia, y puede que del pueblo. Si me ponía ese castigo, es que de verdad estaba muy enfadada.

Resoplé resignado.

–¿Cómo supisteis que estábamos en el sótano? –pregunté.

–No fue muy difícil –explicó mi padre–. Desde que han llegado los refuerzos, el pueblo está lleno de policías. El sargento Gil en persona me llamó para contarme que había tres niños escondidos en la plaza, frente a la casa del alcalde.

–Camuñas, Marilyn y Ocho –murmuré.

–Exacto –dijo mi padre.

–Al ver a esos tres tunantes –explicó Edmundo–, pensé que se trataba de la banda de ladrones, que estaban allí agazapados...

–Pero cuando llegué –continuó mi padre–, me encontré a tus compañeros. Enseguida me contaron qué estaba ocurriendo. Y dónde estabais los demás.

–No debimos hacerlo –me lamenté.

–Por supuesto que no –corroboró mi madre.

–Menos mal que llegamos a tiempo –aseguró mi padre–. Podría haber ocurrido una desgracia mayor. Esa casa es muy vieja y está llena de objetos peligrosos. Ah, y hemos incautado una lista de sospechosos que al parecer hicisteis vosotros.

–Sí, la lista –corroboró el sargento.

Mi padre me mostró el papel arrugado de Toni.

Me dio un poco de vergüenza verla delante de mis padres.

–A todas estas personas –dijo mi padre– ya las hemos investigado nosotros.

–¿De verdad pensabais que ibais a descubrir algo que no supiera la policía? –preguntó Edmundo–. Estos chiquillos...

Me encogí de hombros.

–Creo que justo eso fue lo que pensamos –reconocí.

–Déjame ver la lista –dijo mi madre agarrando el papel–. Huy, Raquel Niebla, la presidenta. Ya lo había pensado yo también, esa mujer tiene cara de sospechosa...

–Juana, por favor –pidió mi padre–, no acusemos a nadie sin pruebas.

–Si yo no acuso –se excusó ella, que siguió leyendo la lista, muy interesada–. Pero es tan estirada, y con ese secretario y el chófer... ¡Ah, y los Trapote, los árbitros, esos también tienen lo suyo! Bueno, bueno, bueno... Y los hermanos de Radu, que son tan altos y tan fuertes...

–Todas las personas de esta lista han sido descartadas como autores de los robos –zanjó el sargento.

–¿Estás seguro, Emilio? –preguntó mi madre–. Mira que los Petrescu, por ejemplo, podrían desvalijar una casa en un abrir y cerrar de ojos.

–Absolutamente todos han sido investigados –recalcó mi padre–, y estoy en condiciones de asegurar que ninguno ha cometido los robos. No se puede acusar a alguien a la ligera.

–Ya has oído, Francisco –dijo mi madre–: no se puede acusar a alguien a la ligera sin pruebas ni nada. Esto... Emilio, ¿los Solomillos tampoco? Siempre nos hemos llevado fatal con los del Barranquilla...

–Que noooooooo, Juana –contestó mi padre.

–Espero que hayáis aprendido la lección, jovencito –sentenció el sargento, mirándome fijamente mientras se pasaba la mano por el bigote una vez más.

–Sí, señor Edmundo –respondí–. Pero es que Fernangol era muy sospechoso...

–Francisco –me cortó mi padre–, no seas cabezota. Tus amigos y tú os habéis pasado de la raya.

–Lo siento –dije–. Tienes razón.

Después de aquella noche, todo se había torcido definitivamente.

No teníamos sospechosos claros de los robos.

Estábamos castigados sin poder salir, sin móviles y sin videojuegos.

Y, de remate, nos íbamos a perder el partido más importante de los últimos años.

Esta vez, los Futbolísimos habíamos metido la pata hasta el fondo.

24

–Perdón –dije.

–Perdón.

–Perdón.

–Perdón.

–Perdón.

–Perdón.

–Perdón.

–Perdón.

–Perdón –dijo Angustias–. Aunque yo no quería ir a su casa en mitad de la noche.

Fernando González nos observó muy serio.

Y se tocó la nariz.

Los nueve estábamos de pie en el despacho de Esteban, el director del colegio.

Pidiéndole perdón a Fernangol.

Después de las clases del viernes, había accedido a vernos.

–Disculpas aceptadas, pero en realidad yo no tengo nada que perdonar –aseguró Fernangol–. Sois un equipo de fútbol, no unos asaltadores de casas. Por lo que me han contado, tendréis tiempo para reflexionar sobre ello.

–Van a estar una larga temporada castigados –dijo Esteban.

–Me da mucha pena que pensarais que yo era el ladrón –dijo Fernangol–. Solo he venido al pueblo porque echaba de menos mis raíces. Y me hacía ilusión compartir las botas con vosotros.

–Debería daros vergüenza –recalcó el director.

–Como capitana del equipo –dijo Marilyn–, hablo en nombre de todos si le digo que no volverá a repetirse algo así. Y que le agradecemos mucho que acepte nuestras disculpas.

–Y también que haya venido a ver nuestros partidos –añadió Camuñas.

–Y que nos haya regalado las míticas Rocket One –dijo Ocho–, aunque luego...

–Aunque luego lo hayamos estropeado todo entrando en su casa –le cortó Helena, viendo que Ocho estaba a punto de meter la pata.

–Bueno, en la casa terrorífica a las afueras del pueblo –matizó Anita.

–Este hombre es una honra para nuestro pueblo –aseguró Esteban señalando a Fernangol–. Y no hablo solo por los 500 goles que le hicieron famoso, que también. Me refiero a su ejemplo de deportividad, de generosidad... Sevilla la Chica siempre estará en deuda con usted, señor González.

Miré a Fernangol.

Allí sentado.

Apuntándonos con su larga nariz.

Decepcionado porque habíamos dudado de él.

Sentí un impulso repentino: tuve muchas ganas de contarle toda la verdad.

Incluyendo que sus botas estaban en el fondo del río.

Ya estaba bien de ocultar cosas.

–¿Prometéis que no vais a volver a colaros en casa de nadie? –preguntó Esteban.

–Prometido –dijo Marilyn como capitana del equipo.

–¿Prometéis que, a partir de ahora, nada de investigar cosas de mayores? –dijo el director.

–Prometido –aseguró ella, muy seria.

Todos asentimos, arrepentidos sinceramente.

–Os advierto que, si no cumplís vuestra promesa –dijo Esteban–, me encargaré personalmente de que os expulsen del colegio y de que caiga sobre vosotros el mayor castigo que se haya visto nunca en este pueblo.

Fernangol no dejaba de mirarnos, con una mezcla de decepción y de enfado.

–Hala, podéis iros –anunció el director–. Y que no os vea por ahí husmeando ni investigando ni ninguna de esas zarandajas. Directo cada uno a su casa.

Poco a poco, fuimos saliendo del despacho.

Aunque no me sentía bien, tampoco me atreví a confesar lo de las botas. Sobre todo porque implicaba a mis compañeros, y no quería complicar más las cosas.

Cruzamos el pasillo y salimos del colegio.

–Viernes por la tarde y tenemos que irnos a casa –se lamentó Toni–. Ni fútbol, ni juegos, ni nada de nada.

–Yo voy a ayudar a mi padre en la panadería –dijo Tomeo–. Al menos espero que no me prohíban las palmeras de chocolate.

–Vaya rollo de fin de semana –dijo Ocho.

Bajamos las escaleras y salimos a la calle.

Cuando ya no podía oírnos nadie, Camuñas nos hizo un gesto para que nos acercásemos a él.

–¿Qué pasa ahora? –preguntó Anita.

–Tengo un nuevo sospechoso –respondió Camuñas en voz baja.

–¿De qué hablas? –preguntó Helena.

–De los robos –contestó el portero–. Se nos olvidó poner en la lista al principal sospechoso.

–¡No me lo puedo creer! –protestó Marilyn–. Después de todo lo que ha pasado, ¿otra vez quieres que busquemos al ladrón?

–Es que hay una persona que... –intentó decir Camuñas.

–Yo no quiero oírlo –le cortó Angustias–. Me voy corriendo a casa, antes de que sea peor. ¡Adiós!

Y echó a correr.

–Yo tampoco quiero saber nada –aseguró Toni.

–Ni yo –dijo Ocho.

–Ni yo tampoco –dijo Marilyn.

Poco a poco, todos mis compañeros se fueron marchando.

–No os vayáis así –pidió Camuñas–. De verdad que se trata de un sospechoso... muy sospechoso.

–Olvídalo –dijo Anita–. Más vale que dejemos el caso en manos de la policía.

–Anita tiene razón –corroboró Helena–: hemos prometido que nos olvidaríamos de este asunto. ¡Hasta luego!

Ellas también se fueron.

–Me da mucha curiosidad saber a quién te refieres –dijo Tomeo, alejándose–, pero llego tarde a la panadería, lo siento.

Nos quedamos Camuñas y yo solos, delante de la puerta del colegio.

–Tendremos que resolver el misterio nosotros dos –dijo el portero ajustándose la gorra.

–En realidad, no creo que sea buena idea que sigamos investigando –repliqué–. Ya has oído al director.

–Entonces, ¿por qué no te has ido con los demás? –me preguntó.

–No lo sé –contesté–. Porque somos amigos y porque me daba cosa dejarte aquí solo.

–No necesito que te quedes conmigo por pena –dijo él, muy digno.

–No es por pena –intenté explicar–. Es porque somos amigos, ya te lo he dicho, y porque siempre nos apoyamos en los momentos difíciles y...

–Da igual –me interrumpió–. Ya investigaré yo por mi cuenta.

–No te lo tomes así –pedí–. Venga, cuéntame quién es ese sospechoso.

–Ahora no quiero –dijo, cruzándose de brazos y dándome la espalda.

–Vaaaaa, dímelo –dije.

–Vale, si insistes... –dijo inmediatamente, girándose hacia mí.

Miró a su alrededor para asegurarse de que nadie nos podía oír.

Bajó la voz.

Y pronunció el nombre:

–El director Esteban.

–¿¡¡¡Qué!!!? –exclamé.

–Shhhhhhhhhhhhhh –dijo Camuñas–. Piénsalo: siempre viene a nuestros partidos, y, sin embargo, no le vi ni contra el Leganil ni contra el Valdemar.

–Contra el Leganil estuvo al principio –rectifiqué.

–Solo hasta el saque de honor –dijo mi amigo–. Después desapareció, es rarísimo. ¿Adónde se fue? Además ha insistido en que no sigamos investigando. A lo mejor es porque a él no le conviene que descubramos nada.

–¿Por qué iba a cometer esos robos el director del colegio? –pregunté–. Es muy extraño.

–Lo extraño es que no sospecháramos de él desde el principio –insistió Camuñas–. En el colegio tienen furgonetas y autobuses, perfectos para transportar toda clase de objetos robados.

–No termino de verlo –dije.

–Eso es porque se me ha ocurrido a mí –aseguró Camuñas–. Desaparece durante los partidos más importantes del año. Tiene vehículos para cometer los robos. Nos ordena que no sigamos investigando. ¡Es un sospechoso como una catedral!

Por un momento, me hizo dudar.

¿Sería Esteban capaz de una cosa así?

–Suponiendo que tengas razón –dije–, ¿qué podemos hacer? Estamos castigados sin salir. Y nos arriesgamos a que nos expulsen...

–No lo sé –contestó Camuñas–. De momento, voy a investigar su biografía y sus datos en la web del colegio, por si nos dan alguna pista. Luego te cuento.

Camuñas salió disparado hacia su casa y me dejó allí plantado.

–¿¡Cómo que luego me cuentas!? –pregunté–. ¡Si no podemos usar los móviles ni nada!

Pero mi amigo ya no me oyó.

Había desaparecido al fondo de la calle.

Me quedé solo, un poco planchado, sin saber cómo reaccionar.

–He pedido al director que os dejen jugar el partido –dijo una voz detrás de mí.

Me di la vuelta.

Allí estaba Fernangol, mirándome fijamente.

–Creo que deberíais jugar el partido contra el Barranquilla –dijo–. He redactado una carta para que se la hagan llegar al consejo escolar del colegio y también a vuestros padres.

–Muchas gracias –respondí sorprendido.

–No depende de mí, pero me haría ilusión que por primera vez el Soto Alto ganase la Liga –aseguró–. En mi época estuvimos a punto.

–Si nos dejan jugar, lo intentaremos –dije.

Quería pedirle perdón.

Contarle la verdad sobre las botas.

Decirle que sentía mucho haberle defraudado.

–Una última cosa –dijo–. Las Rocket One.

–¿Qué sucede? –preguntó.

–Tanto si hay partido como si no –contestó–, me gustaría que mañana me las devolvieras.

Casi me caigo de espaldas al oír eso.

–¿Quiere que le devuelva las torpedo? –pregunté.

–Eso he dicho –contestó–. ¿Algún problema?

«Que son falsas».

«Que cuando las tenga en sus manos se dará cuenta».

«Que todo es un completo desastre».

–No, no, ningún problema –respondí.

–He pensado donar las botas a una fundación y que los fondos los destinen a ayudar a los niños necesitados –aseguró–. Creo que, después de todo, será lo mejor. Supongo que te parecerá bien.

–Genial –dije.

–Mañana –dijo él, muy serio.

Fernangol se tocó la nariz y también se alejó calle arriba.

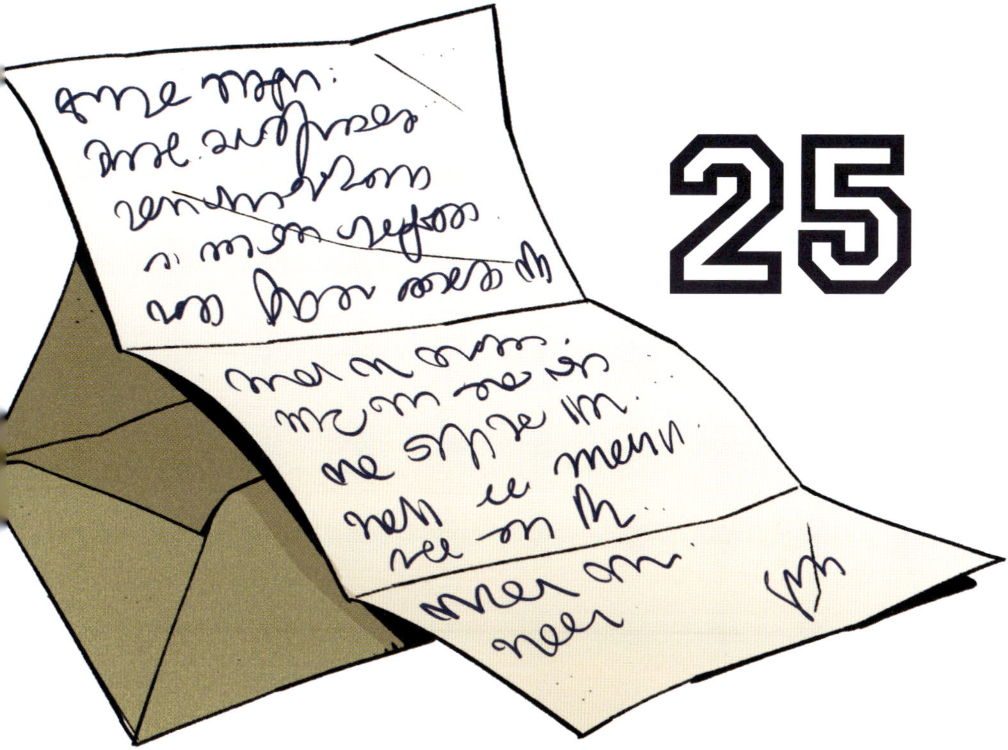

25

Estimados padres y madres del Soto Alto:

Hace más de cincuenta años tuve la enorme fortuna de estudiar en este colegio. Muchas cosas han cambiado desde entonces. Pero hay algo que sigue exactamente igual: el honor de pertenecer a este centro. Aquí están mis orígenes como persona y como futbolista. Y así lo he proclamado por el mundo entero siempre que he tenido ocasión.

Como todos sabemos, la pasada noche se produjo un lamentable incidente con los integrantes del equipo de fútbol.

Sé que no lo han hecho con mala intención.

Les miro a los ojos y puedo ver que están arrepentidos.

Por mi parte, están disculpados.

Son ustedes muy libres de castigar a sus hijos e hijas como mejor consideren.

Pero me permito recordarles la ilusión que sienten estos niños y niñas cuando juegan unidos. Los valores que han aprendido en este equipo siempre los acompañarán.

Por eso, me atrevo a pedirles humildemente que les permitan jugar el último partido de Liga.

Que tengan la oportunidad de vivir una experiencia, tanto si ganan como si pierden, que no olvidarán jamás en su vida.

Por no hablar de la ilusión de este viejo que les escribe. Ahora que ya no me queda mucho tiempo por delante, ver a este grupo conseguir algo que yo no logré me haría inmensamente feliz.

Disculpen mi atrevimiento.

Firmado:
Fernando González «Fernangol»

Aunque solo iba dirigida a los miembros del consejo escolar y a los padres y las madres del equipo de fútbol, aquella carta recorrió el pueblo entero.

El sábado por la mañana se reunieron todos en el colegio para tomar una decisión.

Yo me quedé en casa esperando, muy nervioso.

Por si acaso, me puse la ropa del equipo.

Pensé que tal vez me traería suerte.

Me miré en el espejo.

Habíamos jugado muchos partidos con esa camiseta.

Nos habían pasado un montón de cosas emocionantes.

Buenas y malas.

Ojalá que ese sábado pudiéramos jugar.

Bajé la vista.

Me fijé en mis pies.

Allí estaban.

Las torpedo.

Las Rocket One... falsas.

Pasara lo que pasara, dentro de un rato tendría que devolvérselas a Fernangol.

Se daría cuenta de que no eran las suyas.

Y no me quedaría más remedio que dar un montón de explicaciones.

Una música me interrumpió.

> Sí, sí, sí.
> Somos de pueblo, ¿y qué?

–¿Pero quién...? –pregunté al oír aquel soniquete.

Era Víctor, claro.

Escuchando su canción favorita y asomándose por la puerta de mi habitación.

–¡Qué guapo, enano, ja, ja, ja, ja, ja, ja! –exclamó mi hermano.

–Déjame tranquilo –pedí.

–Estás embobado mirándote al espejo –dijo Víctor–. ¿Qué miras con tanta atención?

–Nada –respondí.

–¿Ya has descubierto quién es el ladrón? –preguntó–. Menudos investigadores estáis hechos tú y tus amiguitos.

–¿A ti qué te importa? –respondí.

–No me hables así, que soy tu hermano mayor –aseguró acercándose.

–No puedes entrar en mi habitación –dije retrocediendo–. ¡Te lo digo muy en serio!

–A lo mejor el ladrón es un fantasma, uuuuuuuuh –dijo–. O es un ente misterioso que entra por las ventanas y las chimeneas, ja, ja, ja, ja, ja

–Qué gracioso –dije.

–A lo mejor es un ser de otro mundo que vive en los tejados del pueblo, ja, ja, ja, ja, ja, ja –siguió Víctor mientras se iba acercando.

–Sal de mi cuarto, por favor –le pedí.

–Es solo un momentito, enano –dijo–. Lo que tarde en reírme de ti... ¡y darte una colleja, ja, ja, ja, ja, ja, ja!

Estiró la mano para darme una colleja, pero me agaché a tiempo.

A Víctor no le sentó bien que le hubiera esquivado.

Me agarró de la muñeca y forcejeamos.

–Suéltame –dije.

–No te resistas, que es peor –insistió él–. Solo quiero darte una colleja, como siempre. ¿Cuál es el problema?

–¡No me gustan las collejas! –exclamé.

–Pobrecito, no le gustan las collejas, ja, ja, ja, ja –se rio mi hermano.

Los dos caímos sobre la cama.

Me inmovilizó con ambas manos.

–Puedes elegir, enano –dijo sin soltarme–. O colleja o escupitajo.

–¡Noooooooooo! –exclamé.

–Tú lo has querido –aseguró.

Mi hermano subió la música en su móvil.

> Toma, toma, toma.
> Somos de pueblo, ¿y qué?

Al mismo tiempo, empezó a acumular saliva en la boca.

¡Era repugnante!

Entonces.

En ese preciso momento.

Me vino una idea a la cabeza.

A lo mejor era una tontería.

Pero eso que había dicho mi hermano...

–Perdona, ¿puedes repetir lo que has dicho? –pregunté.

–¿¡Eh!? –dijo él, sin entender a qué me refería.

–Eso de... del ser misterioso... –dije pensando en voz alta.

–Que a do mejod el ladrón dive en logs tejadog –dijo con la boca llena de saliva.

–¡Exacto! –exclamé–. ¡Muchísimas gracias, eres un genio!

De la sorpresa, Víctor se tragó su propio escupitajo.

Casi se ahoga.

–¡Aggggggggggggggg! ¡Qué asco! –bramó.

Aproveché que me había soltado para escabullirme.

Salí corriendo de mi cuarto.

Bajé las escaleras a toda velocidad mientras podía oír al fondo la canción de mi hermano...

> Arrímate al ascua, ¿y qué?
> Dale, dale, dale.

Crucé el pasillo y me detuve frente a la estantería del salón.

Allí estaba la nueva y reluciente tablet que le acababan de comprar a Víctor.

Me acerqué y la encendí.

Entré en el navegador y tecleé la web que estaba buscando.

Enseguida apareció ante mis ojos.

Me deslicé con el dedo hasta encontrar mi objetivo.

Lo abrí y...

¡Exacto!

¡Justo lo que había imaginado!

–¿¡Dónde te has metido, enano!? –gritó mi hermano desde el piso de arriba–. Cuando te pille, te vas a enterar.

Me guardé su tablet y, sin detenerme, salí por la puerta de casa.

Subí a mi bicicleta, que estaba allí apoyada.

Cuando iba a atravesar la valla, apareció mi madre.

–¡Ayyyyyyyyy, Francisco, estoy muy contenta! –exclamó.

–¡Yo también, mamá! –respondí.

–Me alegro, cariño –dijo ella–. Hemos votado en la reunión del consejo... ¡y hemos decidido que juguéis el partido!

–Qué bien, fenomenal –dije sin prestarle demasiada atención.

–¿Es que no me has oído? –preguntó–. ¡Podéis jugar el partido contra el Barranquilla! Tenías que haber visto cómo os ha defendido Fernangol, y también vuestros entrenadores, incluso Radu... Todos han hablado maravillas de vosotros, ha sido muy emocionante. Por supuesto, tendremos que sustituir ese castigo por otro, pero eso ya lo pensaremos...

–Mamá –le corté.

–¿Sí?

–¿Puedo ir un momento a casa de Helena? –dije.

–¿Ahora mismo? –replicó ella, desconcertada.

–Te prometo que vuelvo enseguida –aseguré.

–Ve si quieres –dijo encogiéndose de hombros–. Parece que no te ha hecho ilusión lo del partido. Que conste que yo también me he esforzado mucho para que podáis jugar...

–¡Me ha hecho muchísima ilusión, te lo prometo! –respondí.

–Pues no tardes, que tienes que prepararte –dijo mi madre.

–Ya estoy vestido –aseguré–. Vuelvo en un momento.

Comencé a pedalear con fuerza.

No podía esperar.

Tenía que compartir mi descubrimiento con Helena.

Y con todos los demás.

26

–Maragato.

Todos mis compañeros me miraron absortos.

–¿El de TodoUsado.com? –preguntó Tomeo.

–El mismo –aseguré.

–¿El listillo que nos quitó las zapatillas? –preguntó Ocho.

–Ese –respondí.

–¿El que apareció y desapareció por el tejado? –preguntó ahora Camuñas.

–Precisamente –dije.

–¿El de los maullidos? –preguntó Angustias.

–Que sí –contesté.

Había ido en bici a casa de Helena.

Y luego, a casa de Camuñas.

Y de Tomeo...

Así hasta que había conseguido reunir el equipo al completo.

Estábamos en los portales de los Cuatro Vientos.

Detrás de la plaza del pueblo.

Un lugar donde, como su propio nombre indica, siempre hace viento.

Incluso en verano.

–No lo entiendo –dijo Toni–. ¿Cómo sabes que Maragato es el ladrón?

–Porque he encontrado pruebas –respondí.

–Habíamos prometido que nos olvidaríamos de los robos y los sospechosos y las pruebas –protestó Angustias.

–Nos dejan jugar contra el Barranquilla –recordó Anita–. ¿De verdad queréis empezar otra vez con lo mismo y al final quedarnos sin partido y que nos expulsen del colegio y que el castigo sea todavía mucho peor?

–No vamos a quedarnos sin partido –rebatió Camuñas–. Venga, Pakete, cuenta, cuenta: ¿por qué crees que Maragato es el autor de los robos?

–Porque va vestido de negro, como los ladrones –contestó Ocho–, y se mueve por los tejados para entrar en las casas por las ventanas, ¡está claro!

–Que vaya vestido como un ladrón no significa que sea un ladrón –dijo Marilyn.

–Eso es cierto –dije yo–, pero hay más... ¡Tengo pruebas!

Les hice un gesto.

Todos se acercaron con mucha curiosidad.

El viento soplaba con fuerza.

Miré a mis compañeros y dije:

–Maragato ha puesto a la venta los objetos que él mismo ha robado.

–¿¡¡¡Qué!!!? –exclamó Camuñas.

–¿Estás seguro? –preguntó Helena.

–No puede ser tan tonto –aseguró Anita–. Si hiciera algo así, le pillarían enseguida.

Me encogí de hombros y saqué la tablet para mostrársela a mis amigos.

–Ostras, es una XZ Inyección nuevecita –dijo Camuñas, asombrado–. ¿Te la acaban de comprar?

–A unos nos castigan –se lamentó Ocho–, y a otros les hacen regalos chulísimos.

–No es mía –expliqué–. Es de Víctor, mi hermano.

–¿Y te la ha prestado? –preguntó Tomeo, extrañado.

–No exactamente –contesté.

–¿¡Le has robado la tablet a tu hermano!? –exclamó Camuñas–. Eres un crack.

–Llevamos toda la semana buscando una banda de ladrones –dijo Anita–, ¿y ahora resulta que le robas un artículo de alta tecnología a tu hermano?

–Qué vocabulario tan rico –murmuró Angustias–: «artículo de alta tecnología».

–¡Que no he robado nada! –protesté–. Solo la he cogido prestada para enseñaros una cosa muy importante. Como estoy castigado sin móvil, no he tenido más remedio.

–Robar nunca está justificado –dijo Marilyn.

–Dejadle que se explique –pidió Helena.

–Sí, sí, que se explique –dijo Anita–, pero ha robado una tablet carísima.

–No es tan cara –aseguró Tomeo–. En el supermercado Carretón la he visto en oferta.

–El Carretón es un bluf –rebatió Toni–. Nosotros siempre compramos en el City.

–Huy, el City, qué pijos –dijo Marilyn.

–El Carretón tiene las mejores ofertas –insistió Tomeo.

–Y el City, los mejores productos –dijo Toni.

–¡Ya vale! –exclamó Helena–. Dentro de un rato tenemos que jugar el partido más importante de la historia del Soto Alto. Ahora, si no os importa, deberíamos prestar atención a Pakete, y no ponernos a discutir sobre supermercados y ofertas...

Todos se quedaron en silencio.

Daba la impresión de que Tomeo estaba a punto de decir algo, pero lo pensó mejor y se quedó con la boca cerrada.

Puse la pantalla de la tablet a la vista de todos.

Entré en TodoUsado.com.

Y busqué al usuario Maragato.

En pocos segundos, estaba en su perfil.

Tenía un montón de objetos de segunda mano a la venta.

Desde televisores hasta móviles, pasando por lámparas o incluso una aspiradora.

–A lo mejor está de mudanza –dijo Ocho.

Cliqué en la pantalla.

Se abrió una ventana con la fotografía de un televisor enorme.

–Esa es la televisión que robaron en mi casa –dije.

–¿Tienes una tele de sesenta y cinco pulgadas? –preguntó Tomeo–. ¡Mola!

–¿Estás seguro? –dijo Anita–. Mira que hay muchas televisiones como esa.

–Sería mucha casualidad –dije.

–Déjame ver –pidió Helena, y abrió otra ventana.

–¡Esa es la lámpara de mi habitación! –dijo sobresaltada.

–Es una lámpara normal y corriente –aseguró Anita–. Hay miles igual.

–Estoy casi segura de que es la mía –insistió Helena.

–«Casi» segura –repitió Anita–, tú misma lo acabas de decir.

–¿Por qué le defiendes tanto? –preguntó Camuñas.

–No le defiendo –dijo Anita–. Simplemente digo que esto no es una prueba; en todo caso, es un indicio.

–¿De dónde ha sacado tantas cosas para vender de repente? –pregunté yo–. Y son justo igual que las que acaban de robarnos, ¡qué casualidad!

–¡Maragato es el ladrón, está clarísimo! –exclamó Camuñas.

–También creíamos que Fernangol era el ladrón –recordó Marilyn–, y luego mirad lo que pasó.

–Es distinto –intervino Ocho–. Esta vez tenemos pruebas... Bueno, indicios que son casi como pruebas.

–Lo que no entiendo es cómo puede ser tan torpe –dijo Helena–. ¡Vender en público los objetos que roba!

–En público tampoco –recordó Tomeo–, porque en TodoUsado.com los usuarios son anónimos.

–Para publicar un anuncio tienes que registrarte –señalé–. Ahí deben tener su nombre y todos sus datos.

Tomeo negó con la cabeza.

–No piden un documento oficial ni nada –aseguró–. Puedes poner cualquier nombre inventado, no lo verifican... Mi padre lo ha hecho muchas veces.

–Eso es cierto –admitió Anita–. Solo te piden documentación si quieres poner un anuncio destacado de pago.

–Qué barbaridad –dijo Ocho–, eso es... Tendríamos que denunciarles.

–¿Por? –preguntó Marilyn.

–Pues por... algo... ¡No lo sé! –insistió Ocho.

–Si no tienen el nombre real de Maragato, ni sus datos –dijo Camuñas–, solo podemos hacer una cosa.

Todos le miramos temiéndonos lo peor.

–¡Yo no pienso hacer eso! –exclamó Angustias.

–Pero si aún no ha dicho nada –recordó Ocho.

–Por si acaso –avisó Angustias.

Camuñas bajó el tono de voz y anunció:

–Tenemos que quedar con Maragato.

–¿Para qué? –preguntó Tomeo.

–Para comprarle un objeto robado –respondió Camuñas.

–Yo no pienso volver a quedar con ese chulito –aseguró Toni.

–Pues a mí me interesaría comprar el molde para bizcochos que tiene anunciado –dijo Tomeo, que seguía mirando la tablet.

–No lo entiendo –dijo Ocho.

–Nos hacemos pasar por un comprador –explicó Camuñas–, quedamos con él y, ¡zas!, le pillamos con las manos en la masa.

–Es muy arriesgado –dijo Marilyn.

–Lo que tenemos que hacer es contar esto a la policía –aseguró Anita.

–Estoy de acuerdo –dijo Toni–. Cuanto antes, mejor, y nos olvidamos de líos.

–No quiero que me expulsen del colegio –aseguró Marilyn.

–¿Pero cómo vamos a contárselo a la policía? –preguntó Camuñas, alarmado–. Primero nos advirtieron que, si volvíamos a investigar, el castigo sería todavía peor. Segundo, no nos van a creer. Y tercero, ¡mola mucho más resolverlo nosotros!

–Ya te digo –le secundó Tomeo.

–Por una vez, estoy de acuerdo contigo –dijo Helena–. Las pruebas no son decisivas, solo indicios. Lo más probable es que no nos crean, y que encima nos vuelvan a castigar.

–Votemos –propuso Marilyn–. ¿Quién está a favor de ir a contárselo a la policía y olvidarnos?

La capitana, Toni, Anita y Angustias levantaron la mano.

–¿Y quién está a favor de quedar con Maragato y que los Futbolísimos resuelvan este caso? –preguntó Camuñas.

El portero, Tomeo, Helena y Ocho levantaron la mano.

De inmediato, todas las miradas se volvieron hacia mí.

–Tienes que desempatar –aseguró Marilyn.

–Tú eres el que ha descubierto la pista de Maragato –dijo Helena sin quitarme ojo–. Y además, tu padre es el policía del pueblo.

–Ya, pero no es el único –rebatí–. Están el sargento Edmundo Gil y el resto de agentes.

–¿El sargento Gil es el bigotes? –preguntó Ocho.

–El mismo –contestó Marilyn.

–Me flipa ese bigotón –aseguró Tomeo.

–Todo eso da igual –zanjó Helena, y volvió a mirarme fijamente–. Tú decides.

Me entró un sudor frío.

No me gusta decidir.

Pero en este caso no tenía elección.

Levanté la mano y dije:

–Voto que... resolvamos nosotros el caso.

27

El patio del colegio estaba abarrotado.

Había venido todo el mundo a ver el partido.

El Soto Alto contra el Barranquilla.

El ganador se llevaría el título de Liga.

En caso de empate, el Barranquilla repetiría como campeón.

Desde el interior del vestuario se podía oír el ruido de la gente en las gradas.

Los nueve observamos el reloj en la pared.

–¿Y si el partido empieza con retraso? –preguntó Ocho.

–Supongo que nos esperará –respondió Camuñas.

–¿Y si no espera? –insistió Ocho.

–No seas negativo –dijo el portero–. El plan es perfecto. Nada puede fallar.

–Perfecto tampoco –dijo Anita–. Es más, yo lo veo un poco cogido con alfileres.

–¡El *nick* mola mucho! –exclamó Tomeo–. ¡AGUABOTAS!

–Se me ocurrió a mí –recordó Marilyn.

–Da igual –dijo Tomeo–. Cuando acabemos con esto, pienso usarlo para jugar *on line*.

–Eso no es justo, yo también quiero usarlo –aseguró Ocho.

–Pero si tú eres Esqueleto Viviente –le recordó Tomeo.

–Pues lo cambio –replicó Ocho.

–La única que puede usarlo soy yo –zanjó la capitana–. Para eso me lo inventé.

–Vale, vale, Aguabotas es un nombre fantástico –dijo Helena–. Ya decidiréis quién se lo queda. Ahora vamos a repasar el plan.

–Yo me encargo –dijo Camuñas, muy serio, acercándose a la pizarra.

El resto nos arremolinamos alrededor.

Con un rotulador, empezó a dibujar.

–¿Qué estás dibujando? –preguntó Tomeo–. ¿Un televisor?

–¡Es el campo de fútbol! –protestó Camuñas mientras seguía dibujando–. Y esto de aquí, el edificio principal del colegio.

–A mí me recuerda a un televisor –repitió Tomeo.

–¡Y unos altavoces! –exclamó Ocho.

–Ostras, es verdad –dijo Tomeo–. ¡Clavaditos!

–Venga, por favor –pidió Anita–. Todos sabemos que Camuñas no tiene ni idea de dibujar, pero lo importante es el concepto, no el dibujo en sí.

–Vale que no soy dibujante profesional –reconoció el portero–, pero tampoco se me da tan mal. Además, como bien ha dicho Anita, el concepto está clarísimo... Por cierto, ¿qué significa «el concepto»?

Anita suspiró y dijo:

–Pues la idea, el esquema general... Anda, déjame a mí.

La portera suplente le cogió el rotulador a Camuñas y puso una X enorme.

–¿Esa cruz qué es? –preguntó Marilyn.

–¿¡Por qué es tan grande la cruz!? –dijo Angustias, asustado.

–Es tan grande porque es muy importante –explicó Anita–. Justo ahí es donde Aguabotas ha quedado con Maragato.

–¿En la cruz? –dijo Tomeo, desconcertado.

–En la puerta trasera del colegio –dijo Helena.

–Entonces, ¿por qué pones una cruz? –preguntó Ocho–. Es todo muy confuso.

–Pongo una cruz para que sepamos todos cuál es el sitio clave de la operación –dijo Anita respirando–: la puerta de atrás.

–¿Pero qué operación? –dijo Tomeo–. De verdad que así no hay quien se entere.

–La operación, el plan, el objetivo –contestó Anita–, llámalo como quieras.

–¿A qué hora tenemos que estar en la equis? –preguntó Ocho.

–A las 12:45 hemos quedado con Maragato –recordó Camuñas–, durante el descanso.

–¿Y por qué no hemos quedado tranquilamente después del partido? –preguntó Ocho–. Son ganas de ir corriendo...

–Porque Maragato ha dicho que solo podía a las 12:45 –explicó Camuñas.

–A lo mejor quiere seguir desvalijando casas tras el descanso –dijo Angustias.

–Qué exigente con la hora –dijo Ocho–. Habría que recordarle a Maragato que el cliente somos nosotros.

–En realidad no somos el cliente –intervino Tomeo–, somos los que vamos a engañarle para detenerle.

–¡Pero eso él no lo sabe! –insistió Ocho.

–¡Qué más dará la hora! –aseguró Marilyn–. A las 12:45 estaremos allí y le pillaremos con los objetos robados. Le haremos fotos y tendrá que confesar, y así resolveremos el caso más importante de Sevilla la Chica.

–¿Y si llega por el tejado? –preguntó Toni–. ¿Qué hacemos?

–No puede ir por el tejado –dijo Helena–, porque el tejado está muy alto, y porque tiene que traer una televisión enorme y una lámpara. Seguramente vendrá en una furgoneta.

–Qué emocionante –aseguró Camuñas.

–No hace falta que vayamos todos –dijo Angustias–. Mejor que algunos nos quedemos aquí vigilando por si acaso...

–¡Todos juntos! –le cortó Marilyn–. ¡Para eso somos los Futbolísimos!

–¿Y quién se va a hacer pasar por Aguabotas? –preguntó Tomeo rascándose la cabeza.

–Yo le he escrito –aseguró Camuñas–, y yo seré Aguabotas.

–Pero si tú eres Súper Rocket –dijo Toni.

–Eso era antes –rebatió el portero–. Ahora soy Aguabotas.

–No puedes ser tú –dijo Marilyn–. Maragato ya te conoce como Súper Rocket, y en cuanto te vea aparecer sospechará y se irá. ¡Yo seré Aguabotas! Para eso me inventé el nombre.

–Deberíamos votar –propuso Ocho–. A mí también me gustaría ser Aguabotas.

Era un poco raro verles pelear por ser Aguabotas.

Levanté la mano y dije:

–Perdonad, pero aquí solo hay una persona que puede ser Aguabotas.

–Porque tú lo digas –soltó Toni–. Desde que te tocaron las Rocket One, te crees que lo sabes todo.

–Primero, no me tocaron las botas: me eligieron –dije una vez más–. Y segundo, no estoy hablando de mí. Aguabotas debe ser el único al que no vio Maragato en la estación de tren.

–Si estábamos todos... –empezó a decir Helena.

Pero se quedó callada en mitad de la frase, recordando algo.

Y miró a... Angustias.

–¡Tú estuviste escondido detrás de la farola todo el tiempo! –exclamó Helena.

–Exacto –dije.

–No, no, no –protestó Angustias–. Yo no quiero ser Aguabotas. Además, seguro que Maragato me vio, la farola era muy estrecha.

–No te vio –asintió Tomeo–. Estuviste de espaldas y agachado todo el tiempo.

–Es verdad –recordó Ocho.

–Esa manía tuya de esconderte por fin sirve para algo –dijo Marilyn–. Eres el elegido: tú serás Aguabotas.

–Yo no... o sea, que yo... me da miedo... y lo haré fatal... y me reconocerá... y todo será horrible. ¡Por favor, no quiero ser Aguabotas! –suplicó Angustias.

–Hazlo por el equipo, hombre –dijo Toni.

–Además, aunque vayas tú solo, estaremos todos muy cerca –recordó Camuñas.

–¿¡Encima tengo que ir solo!? –exclamó Angustias, desesperado.

–El plan es muy simple –dijo Anita, volviendo a tomar la palabra–: cuando Maragato llegue al lugar de la cita, se encontrará con Angustias, o sea, con Aguabotas.

Dibujó una flecha y dos circulitos junto a la equis.

–El resto –continuó Anita– estaremos repartidos alrededor del objetivo. En las ventanas del primer piso, detrás del banco, subidos en el árbol que hay junto a la entrada y en la verja.

Anita dibujó otros ocho círculos alrededor de la equis.

–¿El círculo más grande es Tomeo? –preguntó Toni.

–Lo has hecho a propósito –se quejó Tomeo.

–Que no, de verdad –dijo Anita–. Me ha salido un poco más grande sin darme cuenta.

–Pues ya no quiero ir –dijo Tomeo, se dio la vuelta enfadado y sacó un bocadillo gigante de su mochila.

–Pero no comas ahora –le dijo Marilyn–, que estamos a punto de jugar el partido.

–Necesito alimentarme; si no, me baja el azúcar, está científicamente demostrado –se justificó, y empezó a masticar–. Adgggemás egs de dchorizogg y dddocolategg, mi favogggrito.

–¿Ha dicho chorizo y chocolate? –preguntó Helena, perpleja.

–Bueno, pues ya está todo claro –dijo Marilyn–. Ahora vamos al partido.

–Un momento –pregunté–. ¿Pero qué pasará cuando le hagamos las fotos a Maragato con los objetos robados? ¿Salimos todos corriendo? ¿Dejamos allí plantado a Angustias? ¿Nos escondemos? ¿Le mandamos las fotos a la policía? ¿Y qué ocurre si Maragato intenta atacarnos?

–Son preguntas muy interesantes, Pakete –dijo Anita ajustándose las gafas–. Desde el momento en que le hagamos las fotos, la idea es... improvisar un poco, que se nos da muy bien.

–O sea, que no hay nada pensado –resumió Toni.

–Pensado a fondo, no –reconoció Anita–. Por eso decía yo que veo el plan cogido con alfileres.

–No queráis tenerlo todo milimetrado tampoco –intervino Camuñas–. El plan es perfecto. Hoy va a ser un gran día para los Futbolísimos: ¡vamos a resolver el caso del ladrón de casas! ¡Y vamos a ganar la Liga por primera vez en la historia!

–Si tú lo dices... –murmuró Toni.

–¡Venga, equipo! –dijo la capitana–. ¡A por ellos!

–¡A porgggg ellosdddd! –exclamó Tomeo con la boca llena.

Sin más, todos fueron saliendo por la puerta del vestuario en dirección al campo.

Angustias me miró temblando y dijo:

–¿Por qué has propuesto que yo sea Aguabotas? Creía que éramos amigos.

–Te he propuesto porque eres el único al que no vio Maragato –contesté, y puse mi mano sobre su hombro–. Y también porque eres capaz de hacerl. Eres mucho más valiente de lo que tú mismo piensas.

–¿De verdad crees eso? –me preguntó emocionado.

–Más o menos –admití.

28

Desde el banquillo, el Solomillo exclamó:

–¡No quiero ni un segundo de relajación ni un despiste! ¡A machete! ¿¡Está claro!?

Los jugadores del Barranquilla respondieron desde el campo:

–¡Sí, señor!

–¡Más alto, que no os oigo! –exclamó el entrenador–. ¡A macheteeee! ¿¡Está claro!?

–¡¡¡Sí, señor!!! –contestaron todos al unísono.

Tragué saliva.

No sabía con exactitud qué significaba, pero eso de «a machete» sonaba un poco peligroso.

Estábamos todos en el terreno de juego.

Quedaba menos de un minuto para empezar el encuentro.

El Solomillo II, con su brazalete de capitán, nos señaló y dijo:

–Preparaos para sufrir una derrota humillante. Vosotros os lo habéis buscado.

–Tampoco hace falta que sea humillante –contestó Tomeo.

–Humillante he dicho –insistió el Solomillo II apretando la mandíbula–. Os vamos a machacar.

–Perro ladrador, poco mordedor –replicó Marilyn–. Ahora veremos quién machaca a quién.

Los capitanes de los dos equipos se quedaron mirándose fijamente, desafiantes.

–Menos mal que tenemos a Marilyn –murmuró Angustias–. Ella sí que es valiente, y no yo.

–Tú también –traté de animarle.

Helena con hache y yo cruzamos una mirada.

Los dos sabíamos que no iba a ser un partido fácil.

El Barranquilla era el equipo con más títulos de la Liga Intercentros.

Y no iban a dejar escapar la oportunidad de sumar otro campeonato.

Más aún después del encontronazo que habíamos tenido en el montículo de las Mil Piedras.

Bajé la vista y miré mis botas.

Allí estaban.

Las Rocket One que le habíamos comprado a Maragato.

Me apretaban bastante, la verdad.

Veríamos cómo se comportaban hoy.

–¡Te vas a hinchar a meter goles, cariño! –gritó mi madre desde la grada.

Por supuesto, no respondí.

–¡Eres el mejor, mi vida! –insistió ella–. ¡Pichichi Francisco!

Aparté la mirada, un poco avergonzado.

En la grada estaba Fernangol, rodeado de los periodistas, como siempre.

Nada más terminar el partido, tendría que devolverle las botas.

Y se daría cuenta de que no eran las auténticas.

Tal vez, si atrapábamos al ladrón y nos proclamábamos campeones de Liga, me dejaría quedarme las botas.

No lo sé.

Pero para eso teníamos que ganar el partido.

Y durante el descanso, atrapar a Maragato.

Ninguna de las dos cosas era fácil.

A su lado, como siempre, estaba la presidenta de la Liga Intercentros, Raquel Niebla, haciéndole la pelota.

También el alcalde, Gustavo Ferrada, con Ulises en brazos.

Un poco más abajo, el director del colegio, Esteban, muy cerca de mi madre y otros padres y alumnos.

Y Radu junto a sus hermanos.

–¡So-to Al-to ga-na-rá! ¡Ra-ra-ra! –gritaron los Petrescu con su fuerte acento rumano.

Aisha exclamó entusiasmada:

–¡Nosotros animar Soto Alto siempre!

Nadie quería perderse el partido.

Al pie de la grada estaba también el comando Trapote al completo: Armando, el padre, la madre, la novia y el abuelo.

Los cinco, vestidos de árbitros.

Esta vez traían una pancarta aún más grande que las anteriores:

¡NO DIGAS AL ÁRBITRO LO QUE NO DIRÍAS
A TU FAMILIA EN EL DESAYUNO!

–Huy –dijo mi madre dirigiéndose a ellos–. Si yo les contara las cosas que nos decimos en nuestra familia durante el desayuno, ja, ja, ja...

–Es una forma de pedir respeto –explicó Armando.

–Ya, ya –contestó mi madre–, lo he entendido... Pero si yo les contara, ja, ja, ja, ja, ja, ja, ja...

Me di cuenta de que, en ese momento, en el campo del colegio se encontraban todos los sospechosos de los robos.

Todos excepto uno.

El principal: Maragato.

Llegaría al campo durante el descanso.

¡Y le pillaríamos con las manos en la masa!

O al menos lo intentaríamos.

–¡Vamos, chicos, que no se diga! –exclamó Alicia desde el banquillo.

–¡Hoy es un día histórico! –gritó Felipe–. ¡El Soto Alto, campeón de Liga por primera vez!

–No cantes victoria, barbas –le replicó el Solomillo sonriendo.

–Pero bueno –dijo Felipe mirándole–. ¿Barbas? ¿¡Me ha llamado barbas!?

–Tampoco es para tanto –musitó Alicia.

–Mucho ojito, Solomillo –exclamó Felipe señalándole–. Un poco de respeto, que estás en nuestra casa.

–Sí, hombre, respeto vosotros, barbas –replicó el Solomillo.

–¿¡¡¡Otra vez!!!? –dijo Felipe–. ¿Le has oído? ¡Lo ha repetido otra vez!

–Tú ni caso –dijo Alicia.

–¡¡¡Solomillo, más que Solomillo!!! –gritó Felipe–. ¿Adónde te crees que vas con esos... con esas... cejas? ¡Ahí, ahí te duele, eh! ¡¡¡Cejas!!!

–Ya está bien –intervino el árbitro, un chico bajito con gafas–. Ni cejas ni barbas ni más tonterías. Den ejemplo a los niños, o les sacaré tarjeta a los dos.

–«Barbas» no es un insulto, me parece a mí –se defendió el Solomillo.

–Ni «cejas» tampoco –dijo Felipe.

–¡Quedan advertidos! –repitió el árbitro llevándose la mano al bolsillo donde guardaba las tarjetas–. Ni una salida de tono más.

Los entrenadores se quedaron callados.

–¡Muy bien, árbitro! –dijo Armando Trapote.

–¡¡¡Bravo, bravo, bravo, con firmeza y educación!!! –exclamó el abuelo Trapote.

Los cinco trapotes aplaudieron al colegiado, que hizo un gesto con la mano quitándose importancia.

–No ha sido para tanto, pero gracias de todas formas –dijo acercándose al centro del campo.

En pocos segundos comenzaría el último partido oficial de la temporada.

El más importante de todos.

–Hay una cosa que no entiendo –dijo Toni.

–¿Qué? –pregunté.

Toni señaló a un puñado de agentes que estaban en la esquina del campo.

–Si los robos siempre se producen durante nuestros partidos –respondió–, ¿qué hace aquí la policía en lugar de patrullar por las casas del pueblo?

–No lo sé –dije–. Tal vez se han dividido en grupos...

No pude continuar.

El árbitro hizo sonar el silbato.

¡Y comenzó el partido!

SACA LA JUGADORA NÚMERO 8 DEL BARRANQUILLA.
29
RECIBE EL SOLOMILLO II.
PASA COMO UNA EXHALACIÓN AL LADO DE TONI, REGATEA A ANGUSTIAS...
YO INTENTO AYUDAR EN DEFENSA.
SE DIRIGE A NUESTRA PORTERÍA SIN OPOSICIÓN.
PERO NO PUEDO: UN JUGADOR RIVAL SE PONE DELANTE.

LOS JUGADORES DEL BARRANQUILLA TAPONAN A MIS COMPAÑEROS PARA QUE NO DEFIENDAN.
¡ÁRBITRO, FALTA!
BLOQUEO LEGAL.
TOMEO SALE A POR EL SOLOMILLO II.
PERO ÉL LE PASA A LA NÚMERO 8.
ELLA LE DEVUELVE AL PRIMER TOQUE: UNA PARED PERFECTA.

EL SOLOMILLO II SE QUEDA SOLO DELANTE DEL PORTERO... ¡Y CHUTA!
EL BALÓN VUELA HACIA LA ESCUADRA.
POR FIN ME LIBRO DE MI BLOQUEADOR Y CORRO A TODA VELOCIDAD.
¡CAMUÑAAAAAAS, TÚ PUEDES!
EL PORTERO SE ESTIRA, VUELA Y... ¡DESPEJA EL BALÓN!
¡PARADA ESPECTACULAR!

PERO LA JUGADA NO HA TERMINADO.
LLEGO EMBALADO AL ÁREA.
EL BALÓN REBOTA HACIA MI POSICIÓN.
SIN QUERER, LO GOPEO CON MI BOTA IQUIERDA.
¡PAM!
¡NOOOOO!
Y... EL BALÓN ENTRA EN LA PORTERÍA. ¡¡¡GOL EN PROPIA PUERTA!!!

30

Me quedé arrodillado en el área.

Hundido.

No solo fallaba goles.

Sino que, además, ahora los metía en mi propia portería.

Esto iba de mal en peor.

Miré las Rocket One.

Todos mis compañeros me observaban atónitos.

–Ha sido sin querer –dije tratando de justificarme–, o sea... es que... ha rebotado con mucha fuerza... y además la izquierda es mi pierna mala.

Nadie respondió.

El Barranquilla celebró el gol por todo lo alto.

El Solomillo II y el resto corrieron hasta el banquillo y se abrazaron con el entrenador.

–¡Goooooooooooooooooooooooool!

–¡Así se hace! –exclamó el Solomillo–. ¡Hay que seguir presionando, sin dejarles respirar! ¡A macheteeeeeeee!

Y dale con el machete.

El árbitro les hizo gestos para que volvieran al campo.

–Vamos, hay que reanudar el partido –dijo muy serio.

Eso también iba por nosotros.

–He hecho el mejor paradón del año –murmuró Camuñas–, y no ha servido para nada.

–También ha sido el mayor cantazo del año –aseguró Toni mirándome a mí.

–Le puede pasar a cualquiera –intervino Helena.

–A cualquiera tampoco –dijo Tomeo–. A mí jamás me ha pasado.

–Es mala suerte –dijo Marilyn.

–Desde que llevas la botas falsas, no haces más que pifiarla una y otra vez –me dijo Toni.

Tenía razón.

Más que mágicas, se habían convertido en unas botas gafes.

–¡Nada de caras largas! –pidió Alicia desde el banquillo–. ¡Esto acaba de empezar!

–Exacto –se lamentó Angustias–: minuto uno y ya perdemos. Ayyyyyyyyy...

Mi madre se puso en pie y aplaudió.

–¡A remontar, chicos! –gritó–. ¡Es la especialidad del Soto Alto! ¡Remontadas históricas!

–No lo sabía –dijo Esteban, a su lado.

–Qué remedio –explicó mi madre–. Como casi siempre empiezan perdiendo... pues toca remontar.

–Ah, eso sí –aseguró el director.

Sacamos de centro y el partido se reanudó.

Ellos presionaban en todas las jugadas.

Cuando defendían.

Y también cuando atacaban.

¡No nos dejaban movernos!

Era agobiante.

–¡Vamos, chicos! –pidió Felipe desde el banquillo–. ¡Es imposible que aguanten mucho tiempo con este ritmo!

Pero vaya que si aguantaban.

Parecían incansables.

Presión en todo el campo.

En todas las jugadas.

Su estilo agresivo lo habían multiplicado por mil en este partido.

A medida que avanzaban los minutos, era más y más desesperante.

No éramos capaces de crear ninguna jugada.

Ni mucho menos una ocasión.

Ellos, sin embargo, dispararon un montón de veces a portería.

Por suerte, Camuñas despejó varios balones.

Y otros salieron fuera por muy poco.

El Barranquilla tenía controlado el partido completamente.

Corrían tres veces más que nosotros.

No dejaban de presionar.

Disparaban a puerta desde cualquier sitio.

Iban ganando el partido, pero aun así nos estaban pasando por encima.

Además, con el empate les valía para proclamarse campeones.

Un completo desastre.

Y pensar que hacía solo dos semanas íbamos líderes.

Nunca habíamos estado tan cerca de ganar la Liga.

No podíamos dejarlo escapar en la última jornada.

Había que intentar algo, lo que fuera.

Levanté la mirada hacia el palco.

Allí estaba Fernangol, observándome fijamente.

Señalándome con su inconfundible nariz.

–¡¡¡Vamos, Francisco, que no se diga!!! –exclamó mi madre.

–Que sí, que sí –murmuré.

Y eché a correr hacia el balón.

En ese momento tenía la pelota el Solomillo II.

Avanzó hacia nuestra área, mientras Tomeo iba retrocediendo a su paso.

–¡Pero éntrale, Tomeo! –gritó Alicia–. ¡Éntrale de una vez!

–No, que me regatea –protestó el defensa central, reculando hacia nuestra portería.

El Solomillo II abrió la boca y exclamó:

–¡Bum!

–¿Bum? –preguntó Tomeo.

–¡¡¡Bum!!! –repitió a pleno pulmón el Solomillo II, acercándose.

Del susto, Tomeo cayó al suelo de culo.

–¡Árbitro, falta! –pidió Camuñas.

–Pero si no le ha tocado –aseguró la número 8 del Barranquilla.

–Ya, pero le ha asustado –dijo el portero.

–Siga, siga –indicó el árbitro–. No hay contacto, no hay falta. ¡Menos charla y más jugar, que esto es fútbol!

Los Trapote al completo le aplaudieron.

–¡Bravo, bravísimo! –exclamó Armando.

–Este árbitro es un portento –aseguró la madre Trapote–. Qué seguridad, qué aplomo.

El Solomillo II se internó en el área sin ningún defensa que se lo impidiera.

Camuñas salió de la portería.

En lugar de disparar, el Solomillo II encaró al portero y trató de regatearle.

¡Era un uno contra uno decisivo!

Todo el mundo en la grada contuvo la respiración.

El Solomillo II intentó driblar a Camuñas, que se lanzó al suelo con los pies por delante.

El delantero elevó el balón y lo pasó por encima de Camuñas.

El portero se levantó como pudo...

¡Y chocó con el Solomillo II!

Ambos se pegaron un trompazo y cayeron al suelo uno encima del otro.

–¡Suéltame! –protestó el Solomillo II.

–¡Suéltame tú! –replicó Camuñas.

–¡¡¡Penalti clarísimo, árbitro!!! –pidió el entrenador del Barranquilla.

–¡¡¡Falta del delantero!!! –pidió al mismo tiempo Alicia.

Los gritos de uno y otro bando se sucedían.

–¡Penalti!

–¡Falta en ataque!

–¡Agarrón de libro!

–¡Empujón al portero!

El árbitro hizo un gesto y no pitó nada.

–¡Choque fortuito! –aseguró–. ¡La jugada continúa!

Todos dirigimos nuestra mirada hacia el balón.

Seguía rodando despacio, solo.

Si nadie lo impedía, iba a entrar en la portería.

El Solomillo II y Camuñas lo observaron desde el suelo, sin poder moverse.

En ese preciso instante...

Llegué como una exhalación.

Me había pegado una carrera tremenda.

Pero había merecido la pena.

¡Detuve el balón y lo controlé con el pie derecho!

–¡Toma ya! ¡Bien hecho, cariño! –gritó mi madre.

Me sentí orgulloso. Había impedido el gol.

–¡Vamos, equipo! –exclamé eufórico–. ¡Somos el Soto Alto y aquí comienza la gran remontada!

Todos mis compañeros levantaron los brazos.

–¡Eso! ¡Vamos! –dijo Marilyn.

–¡Adelante! –exclamó Helena con hache.

Varios jugadores del Barranquilla corrieron hacia mí.

Señalé el campo contrario y me dispuse a pegar un gran chut antes de que se me echaran encima los rivales.

–¡¡¡A por ellos!!! –dije.

Tomé impulso.

Eché la pierna hacia atrás

Y...

¡Tropecé con el césped!

Perdí el equilibrio.

Pasé por encima del balón sin tocarlo.

–¡¡¡Ayyyyyyyyy!!! –exclamé.

Y al apoyar el pie, ¡le di a la pelota con el tacón de mi bota!

Fue un taconazo espectacular.

El balón salió disparado... hacia atrás.

¡Y entró en la portería!

No me lo podía creer.

Había metido un golazo de tacón... en mi portería.

¡Otro gol en propia puerta!

–¡¡¡Gooooooooooooooooooooooool!!! –gritó el Solomillo II poniéndose en pie, eufórico.

Se abrazó con sus compañeros y lo celebraron por todo lo alto.

–¡Campeones, oé-oé-oé! –corearon.

Yo no sabía qué hacer ni qué decir.

–He tropezado por los nervios –murmuré–. Venían todos corriendo hacia mí... y... y... ¡Lo siento!

–Es un récord –señaló Tomeo–: ¡dos goles en propia puerta en el mismo partido! ¡Y el mismo jugador!

–En el torneo de Benidorm hubo muchos más goles en propia puerta –recordó Anita suspirando.

Mis compañeros no se lo podían creer.

Estaban desolados.

Igual que yo.

El gol subió al marcador.

Soto Alto, 0; Barranquilla, 2.

Las Rocket One se habían convertido en una maldición.

Nunca antes me había ocurrido algo así.

Me entraron ganas de quitármelas allí mismo.

–El caso es ser el protagonista –me dijo Toni.

–¿Crees que lo he hecho a propósito? –pregunté.

–Lo que creo es que por algo te llamamos Pakete –respondió.

Esta vez, Helena con hache no salió a defenderme como en otras ocasiones.

Supongo que ella también estaba de bajón.

El árbitro hizo sonar el silbato.

Y pitó el final de la primera parte.

31

–Ha llegado la hora de la verdad –dijo Camuñas.

–¡Que tiemble Maragato! –aseguró Tomeo.

–¡Yo no quiero ser Aguabotas, por favor! –suplicó Angustias.

–No hay tiempo para cambios –dijo Anita mirando su reloj–. Son las 12:44. El plan está en marcha.

Nos encontrábamos en la parte exterior de los vestuarios.

Tratando de recuperarnos del primer tiempo.

Dispuestos a iniciar el plan.

–¿Qué hacéis ahí? –preguntó Felipe.

–¿Por qué no entráis al vestuario? –dijo Alicia.

–Sí, sí –contestó Marilyn–. Ya vamos.

Entramos en el túnel de vestuarios, disimulando.

–Luego vamos nosotros –exclamó Alicia, alejándose–. No os preocupéis, seguro que todo sale bien en la segunda parte.

–Tenemos que usar la doble presión en forma de W –aseguró Felipe–. Te lo he dicho desde el principio.

–Pero qué presión –replicó Alicia–, si corren diez veces más que nosotros...

Como casi siempre, no estaban de acuerdo entre ellos.

Cuando nos aseguramos de que los entrenadores se habían alejado, dimos media vuelta y salimos otra vez al exterior.

–Vamos –dijo Camuñas haciendo una señal.

Todos echamos a correr hacia la entrada trasera del colegio.

–Si atrapamos al ladrón, seremos unos héroes –dijo Ocho–, aunque perdamos el partido.

–Tú no te preocupes, Angustias –dijo Helena–. Solo tienes que hacer de cebo... Nosotros nos encargamos de todo... ¿Angustias?

Nos detuvimos a mitad de carrera.

Angustias había desaparecido.

–¿Dónde se ha metido? –preguntó Camuñas.

–Es la hora –anunció Anita, nerviosa–, las 12:45.

–Pero sin Angustias no podemos –se lamentó Tomeo.

¿Qué podíamos hacer?

–Yo seré Aguabotas –dije desesperado.

–Tú no puedes –replicó Helena–. Te reconocerá en cuanto te vea.

–Iré de espaldas, o me pondré una capucha –contesté–, ¡yo qué sé!

–¡Aquí estamos! –anunció Toni, que llegó corriendo junto a Angustias.

–¿Qué hacíais? –preguntó Marilyn–. ¿Dónde estabais?

–Se había escondido dentro del contenedor –explicó Toni, que prácticamente traía a rastras a Angustias.

–No quiero ser Aguabotas –se lamentó de nuevo Angustias.

–¿Dentro del contenedor de basura? –preguntó Tomeo–. ¡Mola!

–Estaba muy oscuro –reconoció Angustias–, pero es que... ¡no quiero ser Aguabotas, me da miedo!

Anita dio un paso al frente, puso una mano sobre el hombro de Angustias y, mirándole fijamente, le preguntó muy seria:

–¿Quieres que acabemos con esta ola de robos en el pueblo?

–Supongo que sí.

–¿Quieres que atrapemos al ladrón?

–Sí.

–¿Quieres sorprender a todos? ¿¡Quieres dejar de ser el Angustias miedoso y angustiado!? ¿¡¡¡Quieres ser el héroe de esta historia!!!?

–¡No lo sé! –respondió Angustias, atacado.

–¡Pues claro que quieres! –dijo Anita sin soltarle.

–Ah, vale, entonces sí quiero –aseguró Angustias.

–¡Hala, en marcha! –ordenó ella señalando la puerta de entrada trasera al colegio–. Y recuerda: ¡sí quieres!

–¡Sí, quiero! –repitió Angustias tratando de darse ánimos a sí mismo, mientras caminaba decidido hacia la puerta.

–¡Venga, los demás, no os quedéis mirando! –exclamó Anita.

–Sí, sí, ya vamos –dijo Toni.

Todos nos dirigimos a nuestras posiciones, según lo previsto.

La portera suplente nos había puesto en marcha a todos.

–Oye –le dijo Camuñas–, creía que no te convencía el plan.

–Sigue sin convencerme –dijo Anita con toda naturalidad–, pero no tenemos nada mejor.

Los nueve nos dispersamos rápidamente, cada uno al lugar que tenía asignado.

Helena y Marilyn, en una ventana del primer piso.

Camuñas y Anita, en el segundo piso.

Ocho, en lo alto del árbol que había nada más entrar al colegio. Por si alguien no se ha dado cuenta, Ocho tiene la costumbre de subirse a los árboles en cualquier ocasión.

Toni, asomado tras la verja principal.

Tomeo y yo, escondidos detrás del banco de madera.

Y Angustias... de pie frente a la puerta trasera.

Allí en medio, a la vista de todos.

–¿Está temblando? –preguntó Tomeo señalándole desde nuestro escondite.

–Creo que sí –contesté observando a Angustias–. Será por los nervios.

–O por el hambre –dijo el defensa central–. A mí me pasa mucho... que, cuando paso un tiempo sin comer, me entran temblores por todo el cuerpo...

–Shhhhhhh, que viene –dije.

Por la puerta principal apareció una figura a contraluz.

Alguien que iba vestido de negro...

... y que llevaba una especie de carretilla.

Desde donde estábamos nosotros no se distinguía bien, el sol nos cegaba.

–¿Trae los objetos robados en una carretilla? –preguntó Tomeo en voz baja.

–No lo sé, es todo muy raro –contesté, entrecerrando los ojos para ver mejor.

Angustias levantó la mano y dijo:

–¡Hola, soy Aguabotas!

El recién llegado emitió una risa sonora.

–Ja, ja, ja, ja, ja, ja, ja, ja, ja, ja, Aguabotas –dijo–. Pero si eres Angustias.

–¡Lo sabía! –exclamó Angustias mirando a su alrededor–. ¡Me ha reconocido! ¡¡¡El plan ha fallado, lo siento!!!

–¿Qué plan? –preguntó el supuesto ladrón, acercándose–. Tú muy gracioso, ¿cómo no voy a reconocer?

Dio un paso al frente y al fin pudimos verle.

¡Era Radu!

¡Con su carretilla llena de redes y balones!

–Radu –dijo Angustias–, ¡eres Radu!

Y se abrazó a él.

–Yo también alegrar de verte –replicó Radu, sorprendido por el abrazo–. ¿Estás bien?

–Ahora sí –musitó Angustias.

Tomeo me observó sin comprender qué estaba ocurriendo.

–¿Por qué abraza a Radu? –preguntó.

–Yo qué sé –respondí–. Supongo que está nervioso...

Tras unos segundos, Radu le soltó y dijo:

–Perdona, yo tener que ir campo ahora.

–Claro, claro –contestó Angustias–. Todo genial, yo me quedo aquí esperando...

–¿Esperar a quién? –preguntó Radu, extrañado.

–Esperar... a que acabe el descanso –improvisó Angustias–, y de paso voy a tomar el sol un rato, je, je...

–¡Vale, pues muy bien! –exclamó Radu alejándose–. ¡A ver si, en segunda parte, vosotros espabilar!

–Sí, sí, nosotros espabilar –contestó Angustias.

De nuevo, el lateral se quedó allí en medio.

Solo.

Esperando.

De fondo se podían oír los murmullos de la gente en el campo de fútbol.

Pero por la puerta trasera no aparecía nadie.

–Se está retrasando –dijo Tomeo, impaciente.

–Ya me he dado cuenta –dije.

–¿Y si no viene? –preguntó.

–No lo sé –respondí–, no tengo ni idea.

Tomeo tenía razón.

A este paso, tendríamos que volver para jugar el segundo tiempo.

Y allí no aparecía nadie.

Levanté la vista y vi a Helena observando desde la ventana.

Por un instante me miró.

Ella tampoco entendía qué estaba ocurriendo.

Tanto organizar el plan, ¿para nada?

Angustias levantó los brazos, buscando que alguien le dijera qué debía hacer.

Entonces, justo en ese momento, se escuchó una sirena...

Y un coche entró por la puerta trasera del colegio.

No se trataba de Maragato.

Era alguien muy distinto.

Era...

¡El sargento Edmundo Gil!

Al volante de su coche de policía.

Con la sirena puesta.

Se detuvo unos metros delante de Angustias.

Y bajó del automóvil.

Acompañado de otros tres agentes.

–¡Salid todos de vuestros escondites! ¡Se acabó el juego! –exclamó el sargento.

Poco a poco, los nueve nos fuimos asomando.

En las ventanas, junto a la verja, detrás del banco, incluso Ocho bajó del árbol.

–¿Qué pasa, señor sargento? –preguntó Angustias, asustado.

–Pues lo que pasa es muy grave, jovencito –contestó él tocándose su bigote–. ¡Que estáis los nueve acusados de robar las casas del pueblo!

32

–¿¡¡¡Nosotros!!!? –exclamé.

–¿¡¡¡Quién nos ha denunciado!!!? –preguntó Toni.

–¿Pero cómo vamos a ser nosotros los ladrones? –dijo Marilyn, alarmada.

–Es al contrario, sargento –aseguró Helena con hache–: estamos aquí, precisamente, tratando de atrapar al ladrón.

Los nueve nos fuimos acercando al coche patrulla.

Edmundo movió su bigote y dijo:

–Para empezar, que yo sepa, teníais prohibido expresamente investigar los robos. Os han levantado el castigo para jugar el partido, y aun así seguís erre que erre. No tenéis remedio, jovencitos.

–Perdón –dijo Anita–, es que el sospechoso...

–Déjame que acabe, jovencita –la interrumpió el sargento–. Para continuar, nadie os ha denunciado.

–¿Ah, no? –preguntó Camuñas.

–Entonces, ¿por qué nos acusa de ser los ladrones? –preguntó Toni.

–Porque hay pruebas irrefutables de que sois vosotros, jovencitos –contestó Edmundo, muy seguro.

Todos le miramos atónitos.

–¿Siempre repite «jovencitos»? –me preguntó Camuñas en voz baja.

–Creo que sí –contesté.

–A ver –intervino Tomeo–. ¿Alguien me puede explicar qué son exactamente «pruebas irrecuperables»?

–Irrefutables –explicó Anita–. Significa «indiscutibles», que no hay duda, vamos.

–¿¡Somos los ladrones!? –exclamó Angustias–. ¿¡¡¡Y por qué no me habíais dicho nada!!!?

–Pues claro que no somos los ladrones –dije yo–. Sargento, no sé qué pruebas serán esas, pero se trata de un error.

Edmundo Gil miró a sus compañeros de uniforme.

Y dijo:

–La policía no comete errores, jovencito.

–Huy, en este pueblo sí –aseguró Camuñas.

–Mogollón –dijo Ocho.

–Ya te digo –aseguró Tomeo.

–Como, por ejemplo, con el misterio del robo invisible –dijo Anita–. ¿Os acordáis?

–O con el misterio de las calaveras... –recordó Camuñas.

–Vale, vale –cortó el sargento–. Tal vez, en este pintoresco pueblo, la policía ha metido la pata alguna vez. Pero el sargento Gil y su patrulla nunca se equivocan. Y en este caso, mucho menos: la banda de ladrones que asola el pueblo... ¡sois vosotros nueve!

–¿Va a decir de una vez cuál es la prueba indestructible? –preguntó Tomeo.

–Irrefutable –le corrigió Anita.

El sargento asintió, nos señaló y dijo:

–Muy sencillo. Hay huellas de vosotros nueve en los lugares del delito: ¡en todas las casas donde se han producido los robos!

–¿¡Qué!? –exclamó Tomeo–. Pero eso solo puede significar una cosa... ¡¡¡Que somos los ladrones!!!

–Que noooooooooo –dijo Helena–. Seguro que tiene una explicación. La mayoría de los robos se han producido en nuestras casas: la de Pakete, la de Toni, la mía... Es normal que estén nuestras huellas.

–De eso nada, jovencita –replicó el sargento Gil–. Las huellas son recientes, y ya sería mucha casualidad que hubierais estado los nueve de visita en todas las casas.

–A mí Toni nunca me ha invitado a su casa –admitió Ocho.

–A mí tampoco –reconoció Angustias–, y eso que vivo muy cerca.

–Lo que yo decía –siguió el sargento–. Y lo más importante: ¿cómo es posible que estén vuestras nueve huellas... en casa del alcalde?

–También podría habernos invitado el alcalde a merendar –contestó Tomeo.

–¿Pero os ha invitado? –preguntó Edmundo acercándose mucho al defensa.

–Hummmmmmm... Que yo sepa, no –contestó Tomeo–. Pero podría.

–¡Ajá! –sentenció el sargento–. No hay más preguntas. Sois los ladrones, y cuanto antes confeséis, mejor para todos.

–¿Pero cómo vamos a ser nosotros los ladrones? –replicó Marilyn–. ¡Si los robos se han producido justamente mientras jugábamos al fútbol!

–Aún no tengo respuesta para todo, jovencita –respondió el sargento–. Tal vez aprovechasteis los descansos, o bien se encargaban los suplentes de robar durante los propios partidos...

Levanté la mano.

Y pregunté:

–¿De qué clase de huellas está hablando, sargento?

Edmundo me miró como si aquello fuera evidente.

–No vayas de listillo por ser hijo de policía –me contestó–. Lo he dicho y lo repito: huellas clarísimas, inequívocas. De los nueve.

–Ya –insistí–. Pero son huellas de las manos... ¿o de los pies?

Antes de responder, se giró hacia uno de los agentes que le acompañaban.

Y murmuraron algo.

–Ya sé por dónde vas –me dijo Helena con hache en susurros.

–¿Cómo no lo habíamos pensado antes? –dijo Marilyn.

–Salta a la vista –añadió Toni.

–¿¡Pero el qué!? –preguntó Tomeo–. ¿De qué habláis?

El sargento dio un paso al frente y se dirigió a mí de nuevo:

–Lo siento, pero es información reservada de la policía. No puedo revelar datos de la investigación a los acusados.

–Apuesto lo que quiera –dije– a que son huellas de los pies. En concreto, de nuestras zapatillas.

–Suponiendo que así fuera, jovencito –dijo Edmundo–, ¿qué importancia tiene? Son huellas, al fin y al cabo.

–Pues tiene mucha importancia –replicó Helena con hache.

–Es elemental –aseguró Anita.

–¡Que alguien lo explique ya, por favor! –pidió Tomeo.

–Muy sencillo –dije–. Porque el verdadero ladrón nos robó a los nueve las zapatillas y va dejando nuestras huellas en las casas, para que nos acusen a nosotros.

Todos los presentes, incluyendo mis compañeros y los policías, me miraron con los ojos muy abiertos.

–¿Nos robó las zapatillas...? –empezó a decir Tomeo, hasta que por fin cayó en la cuenta–. ¡Maragato!

–Está clarísimo –dijo Camuñas–. Maragato se llevó nuestras zapatillas en la estación de tren.

–Está claro porque yo lo he dicho –aseguró Tomeo, orgulloso.

–Por favor –replicó Camuñas–, si has sido el último en darte cuenta.

–El último tampoco –intervino Angustias–, que yo aún no me he enterado bien...

–Perdone, sargento Gil –dijo Anita–. Puede parecer un poco extraño, pero es la pura verdad: quedamos con el ladrón a través de la web TodoUsado.com y... se llevó nuestras zapatillas. En aquel momento aún no sabíamos que era el ladrón, claro.

–Es el mayor disparate que he oído en todos mis años de policía –dijo el sargento–. ¿Habéis conocido al ladrón de casas en TodoUsado.com? ¿El ladrón se ha molestado en robaros las zapatillas? ¿En una estación de tren? ¿Y además se llama Maragato?

–Buen resumen –dijo Anita.

–Así dicho, suena un poco raro –reconoció Tomeo.

–Seguro que ha oído disparates más grandes –dijo Ocho.

–Es la verdad –dije yo.

–¡Dejaos de cuentos y de invenciones, jovencitos! –exclamó Edmundo pasándose la mano por el bigotón–. ¡Y confesad de una vez! ¡Si lo hacéis, tal vez todo se quede en un castigo ejemplar! ¡Si lo seguís negando, acabaréis en un correccional como unos vulgares delincuentes!

Ahora sí que se hizo el silencio.

La idea de que nos podían detener parecía ir en serio.

Sin embargo, no podíamos confesar.

Por una razón.

¡Porque no éramos los ladrones!

Una voz cruzó el patio del colegio:

–¿¡Es que estáis todos sordos!?

Era... ¡el árbitro del partido!

Caminaba hacia nosotros a toda prisa, con los brazos levantados.

–¡Hay que reanudar el partido! –exclamó el árbitro ajustándose las gafas–. ¡Os hemos buscado por todas partes!

Detrás de él venía un montón de gente.

Pude distinguir a los Trapote, Radu y sus hermanos, Alicia y Felipe, los Solomillos y el resto del Barranquilla, Fernangol seguido de los periodistas y de Raquel Niebla, el alcalde con Ulises, el director Esteban y, por supuesto, mi madre.

Y muchos más.

Parecía una pequeña manifestación.

Todos caminando hacia nosotros.

–¿¡Qué habéis hecho ahora, Francisco!? –preguntó mi madre a gritos, al ver allí el coche patrulla.

–Tranquilidad, señora –respondió el sargento Gil–. Los nueve jugadores del Soto Alto no pueden jugar la segunda parte... porque acaban de ser detenidos como autores de los robos del pueblo.

–¿¡¡¡Qué!!!?

Un enorme murmullo recorrió el lugar.

–Si ya lo sabía yo –dijo el Solomillo–. En este pueblo son todos ladrones desde bien pequeños.

–No te pases, cejas –le advirtió Felipe.

–Señor sargento –dijo mi madre acercándose–, una cosa es que hayan hecho alguna travesura, pero delincuentes no son.

–Lo siento, pero las pruebas son concluyentes –aseguró el sargento–: hay huellas suyas en todas las casas donde se han cometido los robos.

–Son pruebas irreductibles –dijo Tomeo encogiéndose de hombros.

–Irrefutables –murmuró Anita.

–¡A la cárcel todos los del Soto Alto! –gritó el Solomillo II.

–¡Pamplinas! –estalló mi madre señalando al sargento–. No se le ocurra poner una mano encima a los niños, se lo advierto. Además, ¿dónde está mi marido? Él es la máxima autoridad en el pueblo.

–Ejem –dijo Gustavo Ferrada–, con todos los respetos, Juana, aquí la máxima autoridad es el alcalde, o sea, yo mismo. Y si este policía tan bigotón dice que los niños son culpables, por algo será...

Todos comenzaron a hablar al mismo tiempo.

El árbitro movía mucho los brazos.

Igual que los Solomillos.

Y mi madre.

Ulises ladraba a todos los presentes.

Los Trapote agitaban su pancarta.

Esteban y Radu y sus hermanos también protestaban.

La presidenta de la Liga pedía orden.

El sargento Gil intentaba poner un poco de paz sin éxito.

Así era imposible entenderse.

Crucé una mirada con Fernangol.

Me miró con decepción y me señaló con su nariz.

Quería pedirle disculpas y explicarle muchas cosas.

Pero no pude.

A pesar de que allí había un montón de gente, todavía faltaba alguien por llegar.

Alguien muy importante.

Sobre los gritos de unos y otros, se oyó un sonido inconfundible:

–¡Miauuuuuuuuuuuuuuuuuuuuuuuuuu!

33

Un nuevo coche de policía cruzó la puerta del colegio.

Asomado a la ventana iba Maragato.

Maullando igual que la última vez:

–¡¡¡Miauuuuuuuuuuuuuuuuuuuuuuuuuuuu!!!

–Deja de hacer eso –le pidió mi padre, que iba al volante–. Es muy molesto.

–Mola mucho más que la sirena –replicó Maragato.

–¡Silencio he dicho! –ordenó mi padre.

Detuvo el coche delante de la multitud.

Y se plantó allí en medio.

–Emilio, por fin –dijo mi madre–. Dile algo al sargento bigotón, por favor, que está empeñado en acusar a los niños.

–Solo cumplo con mi deber –explicó Edmundo–. Hemos encontrado huellas de los críos en todas las casas.

Mi padre carraspeó y dijo:

–Buen trabajo, sargento Gil. Efectivamente, tiene usted razón: las huellas de los nueve jugadores del Soto Alto están en todas las casas donde se han producido los robos.

–Gracias –respondió él, satisfecho.

–¡A la cárcel, ladrones! –pidió el Solomillo II.

–¡Emilio! –exclamó mi madre–. ¡Mira a ver qué dices, que llevas a esta familia a la ruina!

–Pero, aunque eso es así –continuó mi padre–, todo tiene una explicación. Este muchacho que me acompaña, y que se hace llamar Maragato, tiene las respuestas.

–¡Maragato es un alma libre! –exclamó Maragato desde el interior del coche–. ¡No tiene respuestas, solamente maullidos! ¡¡¡Miauuuuuuuuuuuuuuuu!!!

–Entonces es verdad que existe el tal Maragato –dijo el sargento Gil, observándole perplejo.

–Ya te digo –aseguró Tomeo.

–Le he pillado entrando por la ventana en la casa del alcalde –aseguró mi padre.

–¿¡En mi casa otra vez!? –preguntó Gustavo Ferrada–. ¡Si he puesto alarma nueva!

–Esa alarma es un juego de niños para Maragato –dijo el propio Maragato.

–¡Guau, guau! –le ladró el pequeño Ulises.

–¡Miauuuuuuuuuuuuuu! –le desafió Maragato, como si fuera un felino.

–¡¡¡Guau, guau!!!

–¡¡¡Miaaaaaaauuuuuuuuuuuu!!!

–¡Ya está bien de tonterías! –cortó mi padre–. Sal del coche y diles lo que me has contado a mí hace un momento.

Con la cabeza gacha, Maragato salió del coche a través de la ventanilla.

Miró a su alrededor a la multitud que le observaba.

Y dijo:

–Soy el ladrón. He entrado a robar en las casas del pueblo aprovechando que había partido y que todos estaban absortos con Fernangol. He dejado las huellas de las zapatillas de esos mocosos para que los culparan. Y el señor Emilio me ha prometido que, si confieso todo, no me encerrarán en la cárcel.

–Asunto arreglado –dijo mi madre–. ¡El ladrón es el chico rarito!

–¿Le has prometido que no irá a la cárcel? –preguntó el sargento Gil, incrédulo.

–No, no –dijo mi padre–. Le he prometido que si confiesa y ayuda en la investigación, yo mismo hablaré con el juez para que no sea muy duro con él.

–¡Maragato no puede ir a la cárcel! –aseguró Maragato–. ¡Soy un alma libre!

De un salto se subió al capó del coche patrulla.

Se puso a cuatro patas.

Y allí arriba empezó a hacer lo que hacía siempre:

–¡¡¡Miaaaaaaaaauuuuuuuuuuuuuuuuu!!!

–¡Oye, baja de ahí! –gritó mi padre al verle.

–Baja, minino, pssssssss pssssssss –dijo mi madre.

Pero Maragato no parecía dispuesto a bajar.

Me señaló desde lo alto y dijo a voz en grito:

–¡Ese es el niño de las botas! ¡Las Rocket One! ¡Él me las compró!

Todos me miraron sin comprender.

–Pobre, no sabe lo que dice –repliqué.

–Las Rocket One se las regaló Fernangol a mi hijo –explicó mi madre–. Bueno, en realidad las botas le eligieron porque es un niño muy especial.

–¡Exactamente! –dije yo.

–¡¡¡La botas me las compró en TodoUsado.com!!! –insistió Maragato–. Son las Rocket One que lleva puestas. Tienen partido el talón derecho en tres partes iguales.

–Ya están otra vez con lo de TodoUsado.com –mascullό el sargento Gil–. Qué pueblo tan extraño.

–¡Francisco, dile a ese chico que las botas te las dio Fernangol en persona! –dijo mi padre, muy serio–. ¡Y tú, baja de una vez!

–Es verdad, tienen el talón derecho partido en tres –aseguró el Solomillo II señalándome–. ¡No son las Rocket One auténticas! ¡Qué fuerte!

–¡Tú no te metas! –intervino Camuñas–. ¡Que por tu culpa se cayeron las botas auténticas al río y tuvimos que comprar estas en TodoUsado.com! ¡Noventa y nueve euros nos costaron, y eso gracias a que regateé!

Glups.

El propio Camuñas se dio cuenta de lo que acababa de decir.

–Camuñas, bonito –dijo mi madre respirando hondo–. ¿¡Tirasteis las Rocket One al río!?

–Sí, bueno –contestó Camuñas–. Se cayeron al luchar con los del Barranquilla, y se las llevó la corriente.

–Entonces –dijo mi madre mirándome a mí ahora–, ¿¡¡¡has jugado todo el tiempo con unas Rocket One falsas!!!?

Ya no podía seguir ocultándolo.

–En el primer partido jugué con las auténticas –respondí–. Pero luego se cayeron al río y le compramos estas a Maragato. En el partido contra el Valdemar, y hoy contra el Barranquilla, me he puesto las falsas, por llamarlas de algún modo. ¡Lo siento! ¡Quería contarlo desde el principio, pero no sabía cómo decirlo!

Mi madre se llevó las manos a la cabeza, como si no se lo pudiera creer.

–¡Has engañado a Fernangol, una leyenda del fútbol! –exclamó mi madre–. ¡Has engañado a la policía, al pueblo entero! Y lo que es peor... ¡¡¡Has engañado a tu madre!!!

–Tranquila, Juana, que te va a dar algo –pidió mi padre.

–Esta vez el castigo va a ser de récord, jovencito –advirtió el sargento Gil.

–Le pido disculpas en nombre del colegio Soto Alto –dijo Esteban mirando a Fernangol–. Este comportamiento no es propio de nuestros alumnos.

–Ni de la Liga Intercentros –aseguró Raquel Niebla–. Lo siento muchísimo.

–Ya, desde luego, es algo insólito –murmuró Fernangol, que parecía muy contrariado–. Bueno, acabemos con esto de una vez: que se lleven al ladrón, que castiguen a los niños y se acabó el lío.

–¡No tan deprisa! –ordenó mi padre.

–¿Qué pasa ahora, papá? –pregunté.

–No me llames papá, que estoy de servicio –dijo mi padre–. ¡El caso es que aquí todavía hay mucho tomate! Gracias a mi hijo Francisco y a sus amigos, que son un poco cabezotas, he seguido investigando... ¡y he descubierto quién es el verdadero ladrón!

–Emilio, que te repites –dijo mi madre–. Eso ya lo has dicho: el ladrón es Maragato.

–¡Miauuuuuuuuuuuuuuuuuuuuu! –maulló Maragato, que seguía sobre el capó del coche–. Yo no soy un ladrón, soy un alma libre.

–Un alma libre que ha robado en mi casa tres veces –dijo el alcalde–. Menudo caradura.

–Maragato es el autor material de los robos –dijo mi padre–. ¡Pero la idea no es suya! ¡La idea de los robos es de... Fernando González, más conocido como Fernangol!

–¿¡¡¡Quééééééééé!!!?

–Emilio, estás hablando de nuestro invitado de honor –le recordó Esteban.

–Esto es una infamia –dijo Fernangol–. Si lo sé, no vengo al pueblo. ¡Habrase visto!

–Ahora sí que me he perdido –dijo Tomeo.

–Pues anda que yo –aseguró Ocho.

–Emilio –dijo el sargento Gil–, ¿estás seguro de lo que dices?

–Completamente –respondió mi padre–. Fernangol es el verdadero responsable de los robos. Aprovechando su fama, organizó los robos. Maragato es un mero instrumento.

–¡Yo no soy un instrumento! –protestó Maragato–. Soy...

–Un alma libre, que sí, que ya –le interrumpió mi padre–. Y un ladronzuelo de tres al cuarto también. Pero lo importante: Fernando González, yo te acuso de organizar los robos a las casas de Sevilla la Chica, y de enredar a este chaval para entrar en los domicilios mientras los vecinos estábamos viendo el fútbol.

–Eso es absurdo –se defendió Fernangol–. Yo solo he venido al pueblo para recordar los viejos tiempos. Además, no tienes pruebas.

Mi padre sacó una gruesa carpeta del interior del coche.

–Aquí tengo las denuncias de los robos cometidos en distintos pueblos de Sudamérica, de Europa, incluso de Australia –explicó mi padre–. ¡Y siempre coincidiendo con la visita de Fernangol para un homenaje! ¿No es mucha casualidad?

–Robos ha habido siempre –intentó justificar Fernangol–. Yo no tengo la culpa de que entren a robar en las casas y en los ayuntamientos de algunos lugares donde voy de visita.

–Algunos lugares no: exactamente 148 pueblos –dijo mi padre–. Y además, ¿cómo sabe que en todos han entrado en casas y ayuntamientos? Yo todavía no lo he dicho. Podrían ser robos en tiendas o establecimientos públicos...

–¡No me líe! –se quejó Fernangol–. Yo no soy un vulgar ladrón, soy... Fernangol, uno de los mayores goleadores de todos los tiempos.

–¡Me aseguraste que no nos pillarían! –exclamó Maragato señalando a Fernangol–. ¡Me has engañado! ¡Nunca debí hacerte caso! ¡Todo ha salido mal por tu culpa! ¡Miaaaaaaaaauuuuuuu!

–¡¡¡Y yo te dije que no anunciaras los productos robados en internet, que ya te vale!!! –replicó Fernangol.

–Huy, lo que ha dicho –indicó Helena con hache.

–Eso es una confesión en toda regla –aseguró Anita.

–No, no, una confesión tampoco –rebatió Fernangol–. Es que entre unos y otros me estáis volviendo loco y ya no sé ni lo que digo...

–Tendrá tiempo de dar las oportunas explicaciones en comisaría –dijo mi padre–. Acompáñeme, por favor. Queda usted detenido como principal sospechoso de los robos.

–El ladrón es el gato ese, él mismo lo ha reconocido –suplicó Fernangol–. ¡A mí no me detiene nadie!

Los reporteros, con sus cámaras, no perdían detalle de lo que ocurría.

–¿Tú crees que esto es apropiado para el documental? –preguntó uno.

–Ni idea –contestó el otro–. Pero tú graba. Es una noticia bomba.

–Pero, señor Fernangol –se lamentó mi madre–, ¿por qué un futbolista famoso como usted ha terminado organizando robos? Un hombre al que todos admiramos, un ejemplo de deportividad para niños y mayores, el mayor ídolo que tenemos en el pueblo... ¡Le queremos tanto! ¡Qué pena me da todo, de verdad se lo digo!

De pronto ocurrió algo que nadie esperaba.

Al oír las palabras de mi madre, Fernangol bajó la cabeza.

Y allí en medio...

Se echó a llorar.

34

Todos observamos a Fernangol con el corazón encogido.

Sin saber muy bien qué decir.

Aquel hombre mayor lloraba desconsolado.

Las lágrimas caían por su rostro.

–¿Quiere un clínex para los mocos? –preguntó Felipe.

–Sí, gracias –respondió.

Agarró el pañuelo de papel que le tendió el entrenador y se sonó con su larguísima nariz.

¡¡¡Snnnnnnnnnnnrrrrrrrrrrr!!!

Fue tremendo.

Sus mocos retumbaron por todo el colegio.

–Solo puedo decir una cosa –admitió Fernangol, con los ojos aún bañados en lágrimas–. Ahorrad ahora que sois jóvenes... ¡o de viejos no tendréis más remedio que organizar robos a vuestros propios vecinos para sobrevivir!

–¿¡¡¡Se gastó todo lo que ganó jugando al fútbol!!!? –preguntó mi madre.

–Todoooooooo –contestó.

–¿Pero en qué?

–No lo sé –dijo Fernangol–: en viajes, en salir por ahí, en comprar cosas absurdas como un avión privado... ¡Me arruiné completamente! ¡Y por eso empecé con los robos de casas, que, por cierto, se me han dado bastante bien hasta ahora!

–Normal que al final le pillaran –dijo Marilyn–. Ciento cuarenta y ocho pueblos son demasiados.

–La avaricia rompe el saco –reconoció Fernangol.

–¿Qué saco? –preguntó Tomeo.

–Quiere decir que si vas a robar las casas del pueblo... ¡no te pases o te atraparán! –dijo Camuñas.

–Más o menos –dijo mi padre–. Y que no hay que mentir ni robar nunca, je, je.

–Sí, mejor recuérdaselo para que no se les olvide –añadió Esteban, el director del colegio.

–Un tema –dijo Toni–: ¿dónde guarda el botín de los robos? Porque en la casa terrorífica a las afueras del pueblo no había nada...

–Los objetos robados siempre se los dejo a otro, por si acaso –respondió Fernangol–. A Maragato, o al que cometa los robos.

En cada lugar busco un cómplice, normalmente alguien muy joven, muy impresionable y muy ágil también, claro.

–¿Alguien muy impresionante? –preguntó Tomeo.

–Impresionable –dijo Anita–. Quiere decir alguien que se deja influir, que le puede manipular para que haga lo que él quiera.

–Justamente –dijo Fernangol–. Después le regalo unas Rocket One usadas y le convenzo para empezar a cometer los robos. Como soy tan famoso y tan buena persona, no me resulta difícil. Ah, luego reviso los objetos personalmente antes de venderlos, claro.

–Por eso se iba en mitad de los partidos –sentenció Anita.

–Lo que no me había pasado nunca –continuó Fernangol– es que mi cómplice pusiera las cosas a la venta en TodoUsado.com: las mismas botas, los objetos robados... Vaya alcornoque.

–Nosotros haciéndole un homenaje y usted desvalijando nuestras casas... –musitó Tomeo–. Me está bajando el azúcar, me lo noto. ¿Alguien tiene una rosquilla o algún bollo de chocolate?

–De verdad que lo siento –dijo Fernangol.

Parecía muy afectado.

Se giró hacia las cámaras, que no dejaban de grabar, y exclamó:

–¡Pido perdón a todos los presentes por mis actos! ¡Y también pido disculpas a los habitantes de los ciento cuarenta y ocho pueblos que he desvalijado! ¡Este viejo futbolista, que batió récords en el campo de fútbol, lo siente en el alma!

–Menudo culebrón –dijo el reportero–. Nos vamos a forrar.

Mi padre nos miró a los nueve integrantes del equipo y aseguró:

–Aunque soy yo, como agente de policía, quien va a detener a los ladrones, son estos nueve niños y niñas los que lo han hecho posible. Gracias a su tenacidad, a su cabezonería y a su perseverancia.

–Sí, pero seguís castigados, que conste –advirtió mi madre.

–Entonces –indicó Alicia mirándome–, ¿las botas que llevas puestas son falsas, y por eso fallaste todo el otro día durante el partido y hoy te has metido dos goles en propia puerta?

Creo que me puse rojo.

Pensé que ya se habrían olvidado de eso.

Pero no.

Todos me miraban atentamente.

–O sea, son Rocket One... –dije intentando sonreír–, pero no son las auténticas.

–Ya te vale –dijo Camuñas.

–Mira que engañar a todos –exclamó Ocho.

–¡Vosotros lo sabíais! –protesté.

–Un poco lo sabíamos –reconoció Camuñas–, pero nunca se nos habría ocurrido ponernos unas botas falsas en un partido oficial.

–Desde luego que no –dijo Toni.

–A mí do me habgggría imporggggtado –reconoció Tomeo masticando una rosquilla, que no sé de dónde había sacado.

–Solo una cosita antes de que te lleves al ladrón –dijo mi madre dirigiéndose a Fernangol–. Si necesitaba dinero, ¿por qué no subastó sus famosas Rocket One en lugar de regalarlas?

–Buena pregunta –secundó Alicia.

Fernangol pareció pensar la respuesta.

Después se acercó a mí y me dijo:

–Mira, Pakete, no me gusta dar consejos. Pero ahora que me van a llevar a la cárcel y que me voy a hacer aún más famoso después de este incidente, te diré una sola cosa: los goles que metas o que falles no dependerán jamás de unas botas, por muy mágicas que sean. Dependerán solo de ti.

–Ya, vale –contesté–. ¿Pero por qué las regaló en vez de venderlas o subastarlas?

–Madre mía, hay que explicarlo todo –dijo Fernangol–. Pues porque hace muchos años ya que no tengo las Rocket One originales. A saber dónde fueron a parar. A cada pueblo que voy, llevo unas distintas y monto el mismo numerito tirándolas por los aires. Funciona muy bien.

Un «Oooooooooooooooooh» enorme recorrió el patio.

–O sea, que en realidad nunca he llevado las Rocket One mágicas –dije.

No sabía si alegrarme o enfadarme.

Eso significaba que Fernangol nos había engañado.

Pero también significaba... ¡que los tres goles del primer partido los metí por mí mismo, no por las botas!

Fernangol levantó la mano y dijo:

–Y ahora detengan al ladrón antes de que sea demasiado tarde.

–Nunca es demasiado tarde para la justicia –aseguró mi padre acercándose a él.

–No me refiero a mí –explicó Fernangol–. Yo estoy viejo y no voy a huir a ninguna parte. Me refiero... ¡a él!

Todos miramos hacia el coche de policía.

Maragato había desaparecido del capó.

En su lugar, allí arriba estaba... ¡el gato negro de ojos verdes!

–¡Se ha transformado en un gato! –exclamó Angustias, muy angustiado.

–No digas chorradas –rebatió Toni–. Aprovechando que no dejabais de hablar, se ha ido corriendo. ¡Allí está!

El delantero señaló la puerta trasera del colegio.

Efectivamente, allí estaba Maragato, huyendo a toda velocidad.

–Señor González, está usted detenido, pase al coche patrulla –ordenó mi padre–. Sargento Gil, ¡corra detrás del otro sospechoso! ¡Ya!

El sargento Gil y los otros agentes echaron a correr hacia Maragato.

–¡Que no escape! –exclamó Edmundo.

Camuñas señaló al sargento y los otros policías y gritó:

–¡Corred, jovencitos!

Los demás, divertidos, le siguieron la corriente:

–¡Eso, que no se diga, jovencitos!

–¡Corre, corre, jovencito!

Todos nos reímos.

El sargento se giró sudando, pero no dijo nada.

Siguió persiguiendo a Maragato.

Un segundo después, mi padre entró en el coche patrulla con Fernangol, que me miró fijamente desde el interior del automóvil.

–La magia en el fútbol existe –aseguró Fernangol–. Ya lo descubrirás.

Mi padre arrancó.

Nos quedamos mirando cómo se alejaba el coche de la policía.

Con Fernangol en su interior, observándonos a través de la luna trasera.

No sabía muy bien cómo tomarme sus últimas palabras, viniendo de alguien como él.

Nos quedamos los nueve allí parados, de pie.

Rodeados de gente.

–Qué de cosas han pasado –dijo el alcalde, cogiendo a Ulises en brazos–. Para que luego digan que no sucede nada en este pueblo.

–¿Y ahora qué hacer? –preguntó Radu, quitándose la gorra y rascándose la coronilla.

–Pues habrá que jugar la segunda parte del partido, ¿no? –dijo mi madre.

–De eso nada –intervino el Solomillo–. La hora del partido ya pasó. Hemos ganado y somos los actuales campeones.

–No seas abusón, Solomillo –dijo Alicia–. Los chicos han contribuido a atrapar a los ladrones. Se merecen al menos jugar el segundo tiempo. ¿O tenéis miedo?

–Miedo dice –replicó el Solomillo–. Es una pérdida de tiempo, ha quedado demostrado que somos infinitamente superiores. Pero si queréis jugar y que os metamos otros cuantos goles...

–Con todos mis respetos, eso lo decidirá el árbitro –dijo Armando Trapote.

–Sí, sí –intervino el árbitro, que parecía un poco confundido–. Eso lo decido yo...

Se ajustó las gafas, nervioso.

–Qué dilema –dijo–: ¿jugar la segunda parte, o dar por finalizado el partido? Por un lado, jugar con tanto retraso es un poco irregular. Pero, por otro, todo esto de Maragato y Fernangol ha sido la mar de interesante... Me inclino más por continuar el partido, aunque no estoy totalmente seguro...

–Como presidenta de la Liga Intercentros –le interrumpió Raquel Niebla–, yo también tengo algo que decir.

–Eso, que hable presidenta –dijo Aisha, la hermana de Radu–. ¡A mí gusta que mujeres toman decisión! ¡Aunque yo prefiero que partido continúa!

–Acepto mi responsabilidad al frente de la Liga –siguió Raquel Niebla–. Si los dos equipos y el árbitro están de acuerdo, no sé qué hacemos aquí debatiendo...

Nos miró a todos.

Y exclamó:

–¡¡¡A jugar!!!

35

Miré las torpedo en mis pies.

Puede que no fueran las mismas con las que Fernangol había marcado 500 goles.

Pero eran mis botas.

Unas botas viejísimas, pero que en esos momentos me parecieron las mejores botas del mundo.

–A pesar de todo, ¿vas a seguir jugando con las Rocket One falsas? –me dijo el Solomillo II.

–No son falsas –contesté.

–Lo que tú digas –replicó él–. Son una ruina de botas.

No le respondí.

Estaba pensando en otra cosa.

¡En la jugada que habíamos preparado!

El árbitro hizo sonar el silbato.

¡Piiiiiiiiiiiiiiiiiiiiiiiiiiiiiiiiiiiiiiiiiiii!

Y se reanudó el encuentro.

Helena con hache sacó de centro.

El balón le llegó a Toni.

Sin pensarlo, Toni lo golpeó con todas sus fuerzas.

Salió volando hacia un extremo del campo rival.

Marilyn, que es la más rápida del equipo, llegó corriendo antes de que el lateral del Barranquilla pudiera reaccionar.

Controló el balón.

Avanzó unos metros.

Y lo colgó a la frontal del área.

Allí llegue yo corriendo a toda velocidad.

Era una jugada ensayada.

Nunca antes nos había salido bien, y mira que lo habíamos intentado veces.

Vi el balón que venía directo hacia mí.

El defensa central corría a mi lado, empujándome.

Pensé: «A la primera, o no podré rematar».

Según caía el balón, incliné mi cuerpo ligeramente hacia atrás.

El defensa intentó desequilibrarme, sin conseguirlo.

Dejé que el balón cayera a media altura.

Cerré los ojos.

Y rematé con el empeine de la bota derecha.

¡Disparé con los ojos cerrados!

Pude sentir mi pie golpeando la pelota.

Después, mi cuerpo cayó sobre el césped.

Aguanté en el suelo con los ojos cerrados: uno, dos, tres...

Hasta que oí el grito de mis compañeros.

Y de toda la grada.

El mejor sonido que se puede escuchar en un partido de fútbol:

–¡¡¡Goooooooooooooooooooooooooool!!!

Abrí los ojos.

Moreno Moreno estaba tirado delante de la portería con su gorra y sus gafas.

Y el balón estaba junto a la red.

–¡Volea increíble! –exclamó Alicia desde el banquillo.

–¡Paketeeeeeeeeeeeeee! –gritó Felipe.

–¡Ese es mi niño! –aseguró mi madre–. ¡Tan pronto mete gol en una portería como en otra!

No hubo tiempo para celebraciones.

Había que intentar la remontada.

El gol subió al marcador:

Soto Alto, 1; Barranquilla, 2.

Choqué las manos con Helena y con Marilyn.

–Así se hace –me dijo Helena sonriendo.

–No ha estado mal –aseguró Toni.

Regresamos a nuestro campo para reanudar el partido cuanto antes.

–Ya llevas tres, atontado –soltó el Solomillo II–. A ver si el próximo lo metes en propia puerta también...

A continuación sacó de centro.

Empezaron a mover el balón hacia un lado y otro.

Una vez que se habían recuperado de la sorpresa inicial, el partido siguió como en la primera parte.

Ellos presionando.

Cuando defendían.

Y cuando atacaban.

En todo el campo.

Parecían no cansarse.

Nosotros, sin embargo, íbamos detrás del balón con la lengua fuera.

Apenas éramos capaces de dar dos pases seguidos.

Enseguida llegaba un jugador del Barranquilla y nos pegaba un empujón o un golpe, o simplemente nos quitaba la pelota.

Habíamos empezado el segundo tiempo muy felices con el gol.

Pero los minutos iban corriendo y el marcador no se movía.

¡Y necesitábamos dos goles!

–¡Cambio, árbitro! –pidió Alicia–. ¡Salen Angustias y Tomeo! ¡Entran Ocho y Anita!

–Pero yo soy portera –dijo Anita.

–Ya has jugado de lateral otras veces –replicó la entrenadora–. Necesitamos velocidad y juego en equipo. ¡Vamos, a correr!

En el Barranquilla también hicieron algunos cambios.

El que no se movió del terreno de juego fue el Solomillo II, que no solo corría y empujaba, sino que también pegaba gritos, igual que su padre.

–¡¡¡A macheteeeeee!!!

Estaban muy motivados.

Y eso que ellos estaban acostumbrados a ganar la Liga.

–¡Dale, Francisco, cariño! ¡Queremos otro chicharro! –gritó mi madre.

–¡Pero no te equivoques de portería! –exclamó Esteban.

Se oyeron algunas risas.

–Perdona, Juana. Visto lo visto, más vale aclararlo –se excusó el director.

El partido continuó sin ocasiones en ninguna de las dos porterías.

Por más que corríamos de un lado a otro, no conseguíamos controlar el balón.

Ellos tampoco lo intentaban.

Únicamente querían dejar pasar los minutos.

Perder tiempo.

Y lo estaban logrando.

–¡Tres minutos para acabar! –gritó el Solomillo desde la banda a sus jugadores–. ¡¡¡Aguantamos, ya somos campeones!!!

–No tan rápido, cejas –le advirtió Felipe.

Solo quedaban tres minutos.

Y necesitábamos meter dos goles.

Aquello era imposible.

Hacía falta un milagro.

Corrí hacia el área rival, desmarcado, y levanté la mano.

–¡Aquí! –pedí.

¡PATAPUM!

La número 8 del Barranquilla me entró por detrás con los dos pies y salté por los aires.

–Uffffffffffffff –me quejé desde el suelo–. Si ni siquiera tenía el balón.

–Ya, bueno –se disculpó ella–. Es que tenemos que ir a machete.

El árbitro pitó falta.

A un metro del área.

Era una ocasión clara.

Los jugadores del Barranquilla se apresuraron a formar una barrera.

Moreno Moreno les gritó desde el poste para que se posicionaran.

Toni agarró el balón y se dispuso a chutar.

–Le han hecho la falta a Pakete –recordó Helena.

–Esta la tiro yo –aseguró Toni, muy concentrado.

Felipe y Alicia hicieron gestos desde el banquillo.

–¡Subimos todos a rematar! –ordenó Felipe.

–Voy a lanzar directo a portería –avisó Toni.

–¡No queda tiempo! ¡Todos a rematar he dicho! –insistió Felipe.

–¿Todos? –preguntó Camuñas, sin saber qué hacer.

–¡¡¡Todos!!! –gritaron a coro Alicia y Felipe.

Ni nosotros mismos nos aclarábamos.

Toni se preparó para chutar directamente a portería.

Al mismo tiempo, todos entramos en el área rival para rematar.

Incluida Anita... ¡Y Camuñas!!

Que yo sepa, es la primera vez en un partido que dos porteros del mismo equipo suben a intentar rematar una falta.

El árbitro pitó.

Toni miró a los entrenadores.

Nos miró a nosotros.

Debía tomar una decisión.

Cogió carrerilla.

Y...

¡Elevó el balón por encima de la barrera!

Allí entró Camuñas en plancha...

¡Y remató de cabeza!

Moreno Moreno se lanzó y despejó el balón con los puños.

Al rechace llegó Marilyn, que empalmó el balón directamente.

La pelota voló hacia la escuadra, pero, de nuevo, Moreno Moreno la detuvo con una mano.

Y no acabó ahí la cosa.

El balón quedó colgado en el área pequeña, ¡y Anita remató a bocajarro!

¡La pelota le impactó a Moreno Moreno en pleno rostro y una vez más salió despejada!

¡Tres paradas espectaculares en tres segundos!

Por algo era el portero menos batido de la Liga.

Sin embargo, la jugada no había terminado.

Se armó una especie de tangana.

Los catorce jugadores de los dos equipos estábamos dentro del área.

Unos intentando sacar el balón de allí.

Y otros intentando rematar a portería.

Entre piernas, empujones y gritos, nadie acertaba.

El balón iba de un lado para otro, a trompicones.

El árbitro no pitaba nada.

Tal vez solo fueron unos pocos segundos, pero se hicieron eternos.

–¡Sacadla a macheteeeeeeeeeee! –gritó el Solomillo.

–¡Metedla yaaaaaaaaaaaaaa! –gritó Alicia.

Entonces lo vi.

De reojo.

Fue un instante fugaz.

El balón pasó por detrás de mí, justo al lado del Solomillo II, que se disponía a darle.

Sin moverme de mi posición...

¡Le di a la pelota de tacón!

Salió disparada.

Cruzó entre piernas y piernas de jugadores sin que nadie la detuviera.

Rebasó a Moreno Moreno, que aún se reponía del balonazo en la cara.

¡Y entró en la portería!

–¡Sííííííííí! –grité.

¡¡¡Mi segundo gol de tacón en el mismo partido!!!

¡Solo que este había sido en la portería buena!

–¡¡¡Gooooooooooooooooooooooool!!!

36

El marcador anunció el empate:

Soto Alto, 2; Barranquilla, 2.

Con ese resultado, ellos seguían siendo campeones.

Solo quedaba un minuto para acabar el partido.

En la grada, la gente aplaudía y gritaba enfervorecida.

–¡So-to Al-to ga-na-rá! ¡Ra-ra-ra!

–¡Aquí está el Soto Alto, invencibles como el cobalto!

Mi madre saltaba como loca.

–¡Cuatro! –gritó–. ¡¡¡Cuatro goles lleva mi Francisco hoy, que se dice pronto!!!

¡¡¡GUAU, GUAU!!!

Hasta Ulises celebró el gol.

–¡Vamos, vamos, vamos! –gritó Alicia.

–¡Sí podemos! –dijo Felipe.

El Solomillo estaba cada vez más nervioso.

–¡Se acabaron las contemplaciones! –exclamó–. ¡Queda menos de un minuto, solo hay que aguantar! ¡¡¡Es la última vez que lo digo: A MACHETE!!!

Los jugadores del Barranquilla parecían asustados de su propio entrenador.

La número 8 y el Solomillo II se dispusieron a sacar de centro.

Observé mis Rocket One.

Es verdad que estaban muy muy viejas.

Parecían a punto de resquebrajarse.

–Uno más –me dijo Helena con hache.

Levanté la vista.

–Un gol más –dijo ella.

–Uno más –repetí yo.

El Solomillo II sacó de centro.

Retrasó hacia la número 8.

Ella, a su vez, retrasó al defensa central.

Estaba claro que solo querían dejar pasar el tiempo.

No iban a arriesgarse lo más mínimo.

Se pasaban el balón entre ellos, retrocediendo.

–¡Presión, presión, presión! –gritó Felipe, indicando que adelantásemos las líneas.

–¡No sabéis, barbas! ¡No habéis presionado en vuestra vida! –le contestó el Solomillo–. ¡Saluda al campeón!

–Claro que hemos presionado –replicó Alicia–. Pocas veces, pero alguna sí... Y además... ¡que comer tantos solomillos no es bueno para la salud! ¡¡¡Mucho mejor comer verduras y legumbres!!!

–A mí un buen filete también me gusta –reconoció Felipe–. Pero vamos, que de campeón nada, cejas... Que todavía quedan... cuarenta segundos... glups... treinta y ocho... ¡Vamos, presionad, que se acaba el partido!

Subimos todos a presionar.

Para intentar robar el balón.

Pero era muy complicado.

El Solomillo tenía razón: no estábamos acostumbrados.

Aunque éramos nosotros quienes teníamos prisa, eran ellos quienes corrían y nos empujaban.

Siguieron pasándose el balón, mientras el resto nos bloqueaban como si fuera un partido de rugby.

–¡Falta! –pidió Felipe.

–¡Empujón clarísimo! –grito Alicia.

–¡Sigan jugando! –indicó el árbitro.

Retrocedieron hasta su propia esquina, y allí detuvo el balón el Solomillo II.

Se puso de espaldas, sujetando el balón con el pie derecho y protegiéndolo con todo el cuerpo.

Llegamos corriendo Helena y yo.

Él se defendió con los codos.

–¡Apartad, que ya no queda tiempo! –exclamó.

Helena ignoró su comentario y trató de meter la pierna.

El Solomillo II le pegó un manotazo y ella salió despedida fuera del campo.

–¿¡¡¡Eso tampoco es falta, árbitro!!!? –saltó Alicia, indignada.

–¡Se han empujado los dos! –rebatió el Solomillo.

–Carga legal –sentenció el árbitro.

–Madre mía, a este muchacho todo le parece legal, qué barbaridad –protestó mi madre–. ¡Gradúate las gafas!

Inmediatamente, el comando Trapote sacó su pancarta y la extendió delante de mi madre.

¡NO DIGAS AL ÁRBITRO LO QUE NO DIRÍAS
A TU FAMILIA EN EL DESAYUNO!

–Y dale con el desayuno –farfulló mi madre.

–Tienen razón, Juana –dijo Esteban–: respeto para los árbitros ante todo.

–Que sí –admitió mi madre, y pegó un respingo–. ¡Pero que se acaba el tiempo, haced algo!

Miré el videomarcador.

Diez segundos para terminar.

Di un paso acercándome todo lo que pude al Solomillo II, que se defendió a codazos.

–¿Sabes qué es lo malo de que ganéis la Liga? –le pregunté.

–¿De qué hablas tú ahora? –dijo él.

–Que si ganáis tendréis que viajar a Tenerife –respondí.

–¿Y qué pasa?

–Pues que todo el mundo sabe que en Tenerife hay un volcán muy peligroso –aseguré–. Espero que no os ocurra nada malo...

Por un momento, me miró desconcertado.

Yo aproveché su despiste... ¡para meter la pierna!

¡¡¡Y le di al balón un tremendo chut!!!

La pelota salió volando.

No era un centro perfecto, ni mucho menos.

Bastante había hecho con darle.

Al menos, el balón llegó hasta el área del Barranquilla.

Toni saltó para intentar rematar.

La número 8 y Moreno Moreno también saltaron.

Y pillaron a Toni entre ambos.

¡Los tres cayeron al suelo hechos un ovillo!

El árbitro corrió y pitó.

¡Piiiiiiiiiiiiiiiiiiiiiiiiiiiiiiiiiiiiiiiiii!

Todos le miramos.

–¿Qué ha pitado? –preguntó Felipe–. ¿Penalti... o el final del partido?

–¡¡¡Ha sido penalti clarísimo!!! –gritó Alicia.

–¡Por favor, el tiempo se ha acabado! –exclamó el Solomillo, indignado–. ¡Y además no ha habido falta, los tres han caído al mismo tiempo!

–¡Le han hecho un sándwich de libro! –saltó ahora mi madre–. ¡Primero sacan del campo a Helena... y ahora casi se cargan al chulito!

–No le llames chulito –pidió Esteban–, que es malo para su autoestima, y el chico es de nuestro equipo, al fin y al cabo.

–Vale, perdón –rectificó mi madre–. ¡Ha sido penalti! ¡Al delantero! ¡Al número 5! ¡A Toni! ¡Al chulito, vamos!

Ante la mirada del director, mi madre se justificó:

–Es que no lo puedo evitar.

Absolutamente todo el mundo estaba en pie, gritando, pidiendo penalti o el final del partido, según de qué equipo fueran.

El árbitro estaba sudando.

Volvió a hacer sonar el silbato, con más fuerza.

¡¡¡Piiiiiiiiiiiiiiiiiiiiiiiiiiiiiiiiiiiiiiiiiiiiiiiiiiii!!!

Todo el mundo se calló.

Tras un instante, el árbitro por fin señaló... ¡el punto de penalti!

–Penalti –dijo.

–¡¡¡Toma!!! –exclamó Alicia.

–¡Así se habla! –dijo Felipe.

–¡Esto es un robo, una vergüenza, un atraco...! –empezó a decir el Solomillo, muy enfadado.

Estaba de pie, a punto de entrar al campo para protestar. Por suerte, el comando Trapote al completo se puso delante de él y le impidieron el paso.

–No se habla así al árbitro –dijo el abuelo Trapote–, y mucho menos se entra en el campo a protestar.

–Dé ejemplo a sus jugadores –pidió Armando–, y a los niños en general.

Viendo que no podía pasar, el Solomillo refunfuñó y dio media vuelta, muy digno.

–Yo siempre doy ejemplo de deportividad y de respeto. Faltaría más –dijo, y regresó a su banquillo con malos humos.

Varios de sus jugadores le miraron sorprendidos. Estaba claro que no compartían eso de que era un ejemplo.

–Ojalá existiera un comando Trapote en todos los campos de fútbol –murmuré.

–Estoy de acuerdo –contestó Helena observándome.

Toni no perdió el tiempo: colocó el balón sobre el punto de penalti.

Respiró hondo.

Y dijo lo último que podía esperarme.

–La falta me la han hecho a mí –aseguró–, y soy el máximo goleador del equipo, pero en el Soto Alto tenemos un encargado de lanzar los penaltis.

Me señaló y exclamó:

–¡Pakete, al lío!

¿De verdad quería que lo lanzara yo?

Tardé unos segundos en reaccionar.

Quizá Toni estaba cambiando.

Me encaminé al área y me preparé para tirar el penalti decisivo.

Del partido.

De la Liga.

De todo el año.

El árbitro me hizo un gesto con el silbato.

–Hasta que no pite, no puede lanzar –me advirtió.

El público en la grada me observaba con atención.

Vi que, justo en ese instante, llegaba mi padre corriendo.

–Ya están todos en comisaría, el sargento Gil se ha quedado vigilando –aseguró, y miró al campo, atónito–. ¿Qué ha pasado aquí?

–Último segundo del partido, vamos empate a dos –explicó Esteban–, y penalti a nuestro favor.

–¡Y lo va a tirar Francisco! –exclamó mi madre, asustada.

–Qué bien –dijo mi padre tragando saliva.

Tampoco él parecía muy seguro de que aquello fuera buena idea.

Igual que me pasaba a mí.

Todos me llamaban Pakete desde que fallé cinco penaltis seguidos.

Y delante tenía a Moreno Moreno, el mejor portero de la Liga.

Bufffffffffff.

Por decirlo de algún modo, me había convertido en un especialista en fallar penaltis.

Mandaba el balón al poste.

Al larguero.

O directamente a las nubes.

Este era el penalti más importante que había lanzado nunca.

Aunque a estas alturas ya sabía que mis botas no eran las auténticas Rocket One, no podía dejar de pensar en ellas.

Mientras la gente en la grada gritaba animándome o metiéndose conmigo, miré por última vez las torpedo en mis pies.

Estaban muy viejas y agrietadas, apenas se distinguían las bandas azules.

Aunque no fueran las mismas que llevó Fernangol durante sus 500 goles, aquellas botas tenían muchísimo valor para mí. Me habían traído buena y mala suerte. Puede que no fueran mágicas, pero me encantaba llevarlas puestas.

Cogí el balón con las dos manos por última vez y lo moví ligeramente en el punto de penalti.

Había llegado el momento.

–¡Venga, cariño! ¡Por una vez, no falles! –gritó mi madre.

–¡Juana, no le digas eso al niño, que le metes mucha presión! –replicó mi padre.

–¡Ni presión ni nada! –insistió mi madre–. ¡Mételo y déjate de pamplinas!

Mis compañeros estaban detrás de mí, atentos por si había un rechace.

Aunque no creo que hubiera tiempo. En cuanto yo lanzara, el árbitro pitaría el final del partido.

Crucé una mirada con Helena con hache, y ella me sonrió.

–¡Siempre serás el lanzador de penaltis del Soto Alto! –gritó Alicia.

–¡Aunque falles más de los que metas! –exclamó Felipe–. ¡No te preocupes!

Moreno Moreno empezó a moverse, tratando de despistarme.

El árbitro levantó el brazo.

¡Piiiiiiiiiiiiiiiiiiiiiiiiiiiiiiiiiiiiii!

Cogí carrerilla.

Estaba a punto de lanzar.

Entonces... oí una música.

Lo prometo: una canción.

Venía de la grada.

Me giré y le vi de inmediato.

Estaba arriba del todo.

Sentado en su silla giratoria, que se había traído al campo.

Y que tenía dos altavoces enormes acoplados a los lados.

¡Mi hermano Víctor!

Por supuesto, la canción que sonaba a todo volumen era...

> Sí, sí, sí.
> Somos de pueblo, ¿y qué?
> Nos gusta el dancing, ¿y qué?
> Yes, yes, yes.
> Toma, toma, toma.
> Somos de pueblo, ¿y qué?
> Arrímate al ascua, ¿y qué?
> Dale, dale, dale.

–¿¡Creías que no iba a venir al partido, enano!? –exclamó mi hermano riéndose.

–¡Víctor! –gritó mi madre–. ¿Qué haces con esa silla y esa canción horrible?

–Papá ha recuperado mi silla 360 grados y los demás objetos robados –contestó, y subió aún más la música.

–Lo siento –dijo mi padre encogiéndose de hombros.

El árbitro me hizo un gesto.

–¡Número 7! –gritó, haciéndose oír por encima de la música–. ¡Tire de una vez!

Asentí.

Eso era justo lo que iba a hacer.

Lanzar el penalti decisivo.

MIRO FIJAMENTE
AL PORTERO.
DOY UN PASO ATRÁS.
37
OTRO PASO.
APRIETO LOS PUÑOS.
TOMO IMPULSO...
Y CHUTO CON TODAS
MIS FUERZAS.
AL IMPACTAR CON EL BALÓN,
OCURRE ALGO INCREÍBLE.

¡LA BOTA DE MI PIE DERECHO SE DESINTEGRA! ¡COMPLETAMENTE!
EL BALÓN SALE DISPARADO.
PASA POR ENCIMA DE MORENO MORENO, QUE LO ROZA CON LA PUNTA DE LOS DEDOS.
GOLPEA EN EL LARGUERO...
DESPUÉS GOLPEA EN EL SUELO...
REBOTA EN EL POSTE...

VUELVE A REBOTAR EN EL LARGUERO...
¡Y POR FIN ENTRA EN LA PORTERÍA!
¡¡GOOOOL!!
ME ARRODILLO, CON UN PIE DESCALZO.
Y MIS COMPAÑEROS SE TIRAN ENCIMA DE MÍ.
¡¡¡CAMPEONES DE LIGA!!!

SOTO ALTO, 3; BARRANQUILLA, 2.
VISITANTE
3 : 2
LA GENTE, DE PIE EN LA GRADA, APLAUDE CON ENTUSIASMO.
Y TODOS, AL RITMO DE LA MÚSICA, CANTAN AL UNÍSONO.
SÍ, SÍ, SÍ. SOMOS DE PUEBLO, ¿Y QUÉ?
NOS GUSTA EL DANCING, ¿Y QUÉ? YES, YES, YES.
ME ENTRAN GANAS DE LLORAR DE LA EMOCIÓN.
SOMOS CAMPEONES POR PRIMERA VEZ.
VAMOS A VIAJAR TODOS JUNTOS A LA ISLA DEL VOLCÁN Y LAS ROCKET ONE SE HAN DESINTEGRADO. NO SÉ SI ES MAGIA, PERO SE LE PARECE MUCHO.